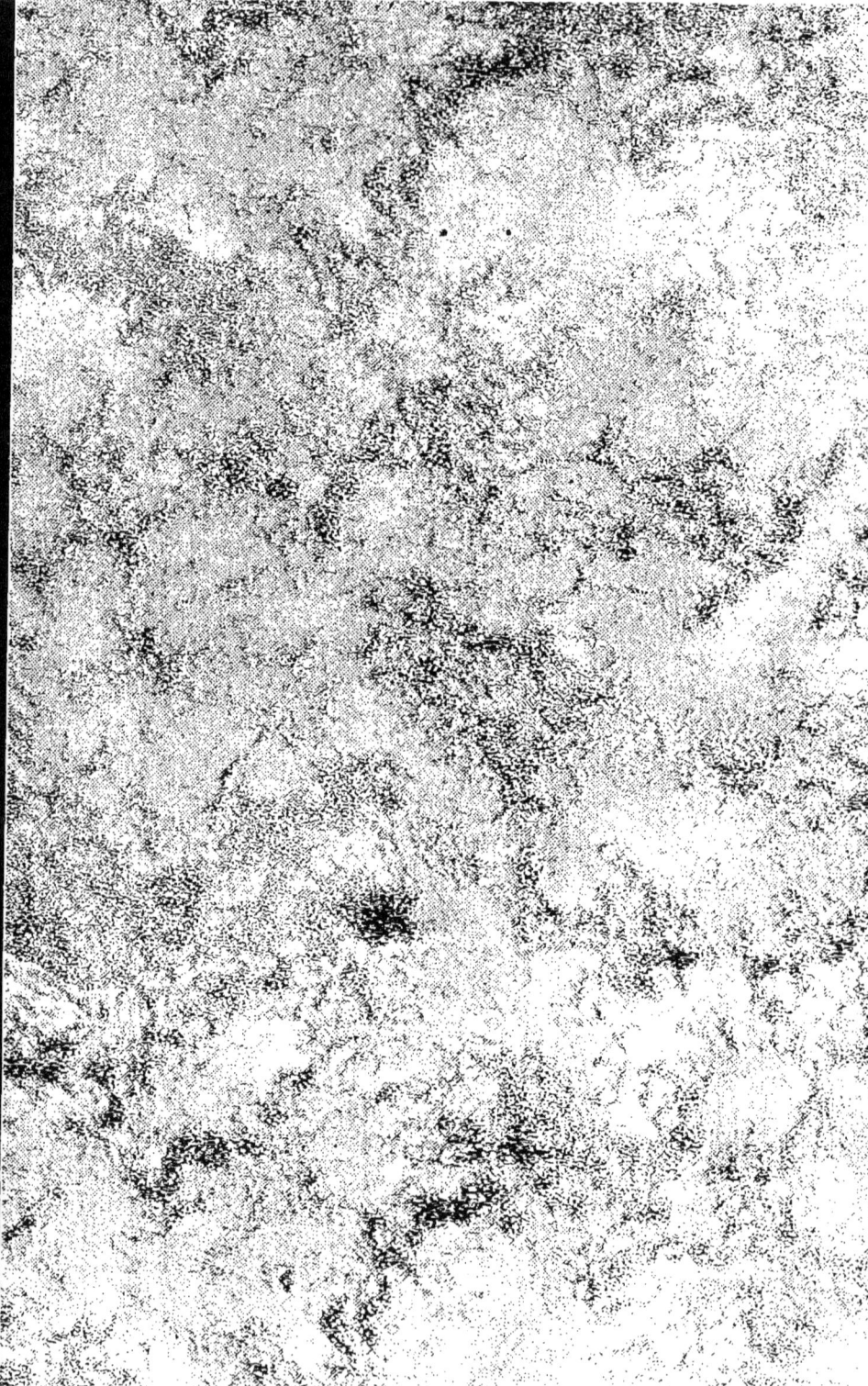

NADINE

PAR

MARIE DE BESNERAY

PARIS

LIBRAIRIE PLON

E. PLON, NOURRIT et Cⁱᵉ, IMPRIMEURS-ÉDITEURS

RUE GARANCIÈRE, 10

—

1884

Tous droits réservés

NADINE

L'auteur et les éditeurs déclarent réserver leurs droits de traduction et de reproduction à l'étranger.

Ce volume a été déposé au ministère de l'intérieur (section de la librairie) en novembre 1883.

PARIS. TYPOGRAPHIE E. PLON, NOURRIT ET Cie, RUE GARANCIÈRE, 8.

NADINE

PAR

MARIE DE BESNERAY

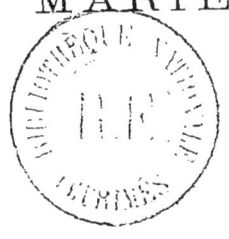

PARIS

LIBRAIRIE PLON

E. PLON, NOURRIT et Cie, IMPRIMEURS-ÉDITEURS

RUE GARANCIÈRE, 10

—

1884

Tous droits réservés

NADINE

CHAPITRE PREMIER

Une course finissait au milieu d'un effroyable vacarme. Quinze chevaux haletants, couverts d'écume, montés par des jockeys aux casaques rouges, bleues, jaunes, vertes, blanches, apparaissaient en peloton serré, au coude que fait la piste de Deauville, à cent cinquante mètres du poteau d'arrivée.

Mille voix criaient à la fois, avec l'excitation du jeu, du soleil et de la fièvre :

— *Pluton ! Pluton !*

Pluton était le favori.

Or les favoris, même ceux qui sont célèbres, se laissent battre par des inconnus.

Dans les tribunes, occupées par le high-life,
les toilettes des mondaines, des riches étrangères, s'étageaient comme une gamme interminable, diaprée des plus vives nuances. Dans
l'enceinte, disséminée sur les gazons, la foule
qui paye moins, et s'amuse davantage, acclamait
avec entrain quelques chevaux mal cotés, des-
tinés par le sort à ces parieurs infimes.

Là aussi, les robes claires, les chapeaux
ornés de longues plumes, les visages riants
protégés par les grandes ombrelles doublées de
cerise ou de bleu pâle, les tailles sveltes et les
jolies filles circulaient, de groupe en groupe,
parmi la masse sombre formée par les vêtements des hommes.

Un vrai soleil d'août étincelant et brûlant
tombait d'aplomb sur cette fourmilière humaine
agitée et bourdonnante.

Autour de la tente aux consommations, près
de laquelle s'élèvent les poteaux portant affichés
les noms des coureurs, un brouhaha assourdissant éclatait pareil à une grêle d'orage.

A gauche des tribunes, les équipages stationnaient. Les rayons perdus, filtrant à travers le
feuillage des peupliers, accrochaient çà et là

un mors d'argent, une boucle ciselée, un panneau armorié. Les cochers, corrects en leurs
livrées, se pressaient près de la barrière et pa-
riaient gravement entre eux pour les écuries de
Lagrange, Delamarre ou Ephrussi. Les chevaux, carrossiers superbes, anglais aux fières
allures, vifs, délicats comme ceux qu'aimait à
peindre Carle Vernet, l'original railleur, s'impa-
tientaient de ce repos, et se cabraient au
bruit.

De temps à autre, une rafale de vent cour-
bait la cime des arbres, enflait les casaques
bariolées, faisait ondoyer les rubans, les dentelles, les fleurs, jetant brusquement, dans l'air
embrasé, une odeur salée, ce bon parfum des
algues et des varechs humides.

Et plus haut que les parieurs, les bookmakers
et les oisifs, la mer parlait de sa formidable
voix. C'était une basse sourde, profonde, venant
de loin, et semblant adoucir, pour ce peuple
d'indifférents, ses sauvages harmonies.

Dans le pesage, un homme à la physionomie agréable et mobile, d'une élégance raf-
finée, mais maigre, usé par le plaisir, entra
précipitamment. De taille moyenne, alerte,

dédaigneux, ennuyé, il conservait, malgré ses quarante ans, la correction, la grâce facile de sa vingtième année.

Après un regard circulaire jeté autour de lui, il avisa un siége et s'y laissa tomber lourdement. Le sourire, stéréotypé sur ses lèvres anémiques, s'effaça aussitôt, remplacé par une expression de colère. Il arracha ses gants, et, de son mouchoir, au coin brodé, essuya la sueur de son front.

— Peste soit de ce maudit Gibbs! marmotta-t-il avec un redoublement de dépit. Quelle déveine me poursuit? Trois insuccès cette année!

Il se tut, craignant d'avoir parlé trop haut, et mordit sa moustache brune relevée en croc comme celles des beaux cavaliers de Wouwermans.

Un jockey, boitant un peu, parut à son tour dans le pesage, tenant son cheval par la bride. Sa figure grêlée, grotesque comme celle d'un clown, eut une contraction en apercevant le personnage assis à quelques pas. Néanmoins, il marcha droit vers lui et retira respectueusement sa toque de soie rouge.

— Aoh! sir... monsieur le comte, pas faute

à moi, murmura-t-il avec une mine apitoyée.

Le comte se leva avec violence.

— Vous êtes une triple brute, maître Gibbs!
Oui, je dis bien, une triple brute! Tant pis si
cela offense votre dignité. Perdre aussi sotte-
ment... avec un cheval comme *Pluton*, c'est
impardonnable!...

— Lui, pointer deux fois, balbutia l'Anglais.

— Mon oncle, mon cher oncle, interrompit
derrière les deux interlocuteurs une voix jo-
viale, croyez que je compatis à votre déplaisir.

Le comte se retourna fort maussade.

— Ah! c'est toi, Savinien, fit-il d'un ton
adouci.

Savinien, un joli garçon de vingt-deux à
vingt-trois ans, à la figure irrégulière et narquoise, s'inclina très-bas, disant avec une emphase comique :

— Monsieur Guy de Savergny, agréez, je
vous prie, mes condoléances!

— Trêve de plaisanteries, mon cher, répartit
celui-ci. L'aventure t'amuse; moi, c'est diffé-
rent! *Pluton* devait gagner.

— Parbleu! le fils de *Dollar* et de *Miss Ida*,
le vainqueur de *Brighton!*

— Retirez-vous, Gibbs, commanda le comte
d'un air mécontent. Je vous donnerai mes ordres
plus tard.

Il y eut un silence.

Le comte et Savinien marchaient à petits pas
derrière les tribunes. Guy tentait de vains efforts pour chasser ses pensées pénibles. Par
amour-propre, il voulait faire bonne contenance, perdre en bon joueur la somme énorme
sur laquelle, depuis trois mois, il échafaudait
calculs et projets.

Savinien Damaze, avec ses cheveux châtains,
sa tournure alerte, sa tenue de gentleman, avait,
malgré une insolence voulue qu'il jugeait de bon
ton, quelque chose qui attirait la sympathie.
Ses yeux bleus riaient très-franchement, et ses
lèvres, friandes et rouges, trahissaient, en dépit
de son désir de paraître poseur comme son oncle,
un caractère enjoué. Il avait, d'ailleurs, un
attachement filial pour ce frère de sa mère qui
le traitait en camarade, toujours prêt à l'aider
de sa bourse et à cacher ses fredaines.

M. de Savergny détestait son beau-frère,
M. Damaze, un industriel millionnaire dont le
tort, à ses yeux, consistait à grandir trop vite,

alors qu'il avait prédit que le mari de sa sœur ne serait qu'un fruit sec et un raté.

Or ce raté parvint, en peu d'années, grâce à un travail opiniâtre, à dominer une situation embarrassée et à créer, dans la vallée d'Andelle, entre Fleury et Rouen, une usine sans rivale.

Mademoiselle de Savergny, une blonde fade et sentimentale, restée enfant sous la tutelle de Guy, avait éprouvé, à vingt-quatre ans, une vraie passion pour ce plébéien résolu, et l'avait épousé, malgré les récriminations et les anathèmes de sa famille. Depuis, par un revirement que rien ne motivait, elle passait son temps à tyranniser M. Damaze et à gaspiller son argent.

— Voyons, cher oncle, ne nous vouons pas aux regrets sans fin, dit Savinien, fatigué du mutisme de son compagnon; ce serait puéril et parfaitement assommant!

— L'entraîneur me garantissait cependant *Pluton*, répartit Guy, tout à sa méditation.

Savinien éclata de rire.

— Encore *Pluton !* Je me sauve alors. Papa m'attend!

— Ton père est là?

— Sans doute.

— Seul?

— Oui, ma belle maman a la migraine.

— Bon! Inutile alors de me déranger... Si je t'emmenais?

— Où?

— Aux *Roches-Noires*. Nous dînerons ensemble, le champagne nous égayera.

— Accepté. Je préviens papa...

— Laisse donc! tu m'impatientes avec ton papa; te tiendra-t-il éternellement en lisière? C'est ridicule! Je te garantis, du reste, qu'il ne se soucie guère de toi.

— Ne suis-je pas son fils unique?

— Oh! ses métiers, ses cotons, ses tissus suffisent à occuper son esprit.

— Mille remercîments, riposta Savinien un peu froissé.

— Bebête! fit le comte avec amitié, tu sais bien que ces propos-là ne sont pas à ton adresse. N'es-tu pas mon filleul, toi?

— Je m'en flatte... seulement...

— Seulement?

— Je suis son fils.

— Malheureusement!

— Mon oncle! se récria le jeune homme. Certes, je vous aime, mais lui...

— Achève, ne te gêne pas! Lui?

— Je l'admire, répondit Savinien avec une sincérité qui donna à sa physionomie une expression de mâle fierté.

Guy le repoussa.

— Va donc, fit-il avec une brusquerie soudaine et cette irritabilité mélangée de jalousie, particulière à son caractère.

Savinien, en diplomate habile, désireux d'allier ses sentiments à ses intérêts, essaya de le calmer en protestant de son dévouement, Sans le savoir, depuis longtemps, le jeune homme s'était emparé de ce cœur égoïste habitué à ne songer qu'à son bien-être et à ses jouissances. Il avait eu, pourtant, ce Guy si roide, si orgueilleux aujourd'hui, ses heures d'enthousiasme et de juvénile ardeur. Mais les instincts mauvais, la vie fouettée, enragée, des hommes de plaisir, avaient soufflé sur les nobles illusions et éteint les sources vives des tendresses familiales. Savinien restait, pour ainsi dire, l'écho des affections mortes, le lien qui rattachait le

viveur sceptique aux années vécues dans le manoir paternel, près de la petite sœur orpheline
dont il gardait le berceau.

— Allons, allons, mon cher oncle, murmura
doucement Savinien, vous ne sauriez me bou-
der ? Courons enterrer nos chagrins !

Les deux hommes s'éloignaient des tribunes
et suivaient, dans le centre de la prairie, la
foule qui s'écoulait.

— Tiens ! remarqua le comte, voici de Savolle. Il jubile de mon échec ! C'est sa revanche !

— Cela lui va à merveille, son intendant le
vole et ne lui achète encore que des rosses !

— Voici le baron ; il m'examine pour voir
l'effet produit.

— Bah ! un tartufe ; il ferait mieux de regarder dans sa conscience ; il y trouverait de jolies
choses !

— Tu es méchant, Savinien.

— Du tout, petit oncle. Je suis juste. J'ai
l'avantage de pouvoir dire tout haut ce que
beaucoup de gens pensent tout bas.

Depuis un instant, le jeune Damaze cherchait, non sans anxiété, un visage ami.

—Sacha Dimitriowitch! exclama-t-il joyeux.
Oh! l'heureux hasard !

— Quel est ce sauvage ? interrogea Guy.

— Le meilleur homme de toutes les Russies,
lui glissa son neveu, en allant frapper familiè-
rement sur l'épaule d'un individu d'une soixan-
taine d'années, maigre comme une gaule et
serré dans une redingote marron de coupe militaire.

— Vous, monsieur Damaze ! fit le Russe de
sa voix traînante... Je ne comptais pas sur ce
plaisir...

Savinien l'interrompt avec une impatience
fébrile.

— Et ces dames ?

— Elles sont ici.

— Ici ? Aux courses ? Quel miracle !

— Je les ai perdues de vue au milieu du
monde, avoua Dimitriowitch d'un air inquiet
en promenant sa main osseuse sur son visage
glabre, visage triste et doux, exprimant à la
fois de la bonté, de l'indécision de caractère
avec la peur naïve de mal faire. Ma sœur sera
furieuse, ajouta-t-il timidement. Si vous m'ai-
diez à les chercher, monsieur Savinien ?

— Volontiers, mon cher... Vous permettez?
dit-il en se tournant vers Guy.

Il ajouta aussitôt, en forme de présentation :

— M. Alexandre Dimitriowitch, ancien ca-
pitaine; M. le comte de Savergny.

— Tu me brûles donc la politesse? demanda
celui-ci avec un sourire railleur, comme s'il
flairait une aventure.

— Je vous rejoindrai à six heures et demie,
aux *Roches-Noires*.

— Soit! Mais, alors, au lieu de rentrer à pied,
je regagne ma voiture.

Guy souleva son chapeau avec une politesse
un peu froide, et s'éloigna discrètement.

CHAPITRE II

Le comte n'avait pas fait cinquante pas en remontant vers les tribunes, c'est-à-dire dans la direction opposée prise par son neveu et le Russe, qu'une femme de trente-cinq ans environ, d'une démarche assurée et fière, brune comme une Tsigane, attira son attention.

— Je rêve, murmura-t-il, les fantômes ne reviennent pas en plein soleil.

Il hésita une seconde.

— Bah ! conclut-il, je suis fou !

Et il continua sa course.

Cette femme marchait devant lui ; sa robe noire, du bon faiseur, garnie de dentelles et de jais, faisait valoir une taille encore fine, un embonpoint élégant, la grâce souveraine de toute sa personne.

Près d'elle, une jeune fille svelte et blonde,

ravissante dans sa toilette d'été dont le vent soulevait les guipures, semblait, comme une sylphide, effleurer à peine, de sa bottine de chevreau glacé, l'herbe molle de la prairie.

Elle s'arrêta tout à coup pour regarder autour d'elle.

— Je ne vois pas mon oncle, dit-elle d'une voix harmonieuse et chantante.

Ses yeux, d'un vert de mer, clairs et profonds, rencontrèrent les yeux du comte de Savergny ; celui-ci, si blasé qu'il fût, en reçut comme une commotion électrique.

— La belle enfant, pensa-t-il, la délicieuse créature !

Le désir de savoir le nom, la situation de ces deux femmes, lui vint aussitôt.

— Viens donc, Nadine, appelait la mère.

A cet accent impérieux qui résonnait si près de lui et remuait je ne sais quelle image oubliée, Guy eût un geste de stupeur.

— Je rêve ! répéta-t-il pour la seconde fois ; je suis fou !

Pour un empire maintenant, il n'aurait quitté sa poursuite.

Il fallait savoir, savoir à tout prix, vérifier

l'exactitude d'une ressemblance extraordinaire.

— Oui, oui, songeait-il, c'est ça, une ressemblance me trompe...

Oppressé, nerveux, il perdait son calme britannique, il sentait sourdre, du fond de son âme, mille souvenirs confus, ternis par les années, flétris par la brutalité du sort.

— Je t'assure, maman, que nous avons tort de rester ici, disait la jeune fille. La foule diminue ; gagnons la sortie.

— Te rappelles-tu notre adresse ?

— Non, mais on ne s'égare pas à Deauville. Viens !

Elles se retournèrent toutes les deux et se trouvèrent nécessairement vis-à-vis de Guy, qui les suivait de près, sans prévoir cette volte-face.

Nadine rougit, devinant déjà peut-être l'admiration qu'elle inspirait à cet inconnu.

Sa mère étouffa un cri, et, tandis que le comte devenu livide s'effaçait en s'inclinant très-bas, elle passa rapidement, disant avec un rire forcé :

— Alexandre est insupportable !

— Qu'as-tu donc? interrogea Nadine, que cette feinte ne trompait pas. Tu pâlis, maman?

Quel est ce monsieur ? Il semble bouleversé, lui aussi !

La mère, dont les paupières bistrées battaient comme des ailes d'oiseau, resta une minute paralysée, anéantie. Son visage mat, au profil grec, se décomposait; son œil, très-brillant, très-noir, lançait des flammes; ses doigts se crispaient sur le satin de son corsage.

Effrayée, Nadine répéta ses questions ingénues :

— Sûrement, mère chérie, cet homme t'a déplu... Sa vue t'a causé une émotion...

— Tu te trompes, répondit enfin la jeune femme ; j'ai éprouvé un malaise, un éblouissement... la chaleur sans doute.

Et de ce ton autoritaire qu'elle savait si bien prendre :

— Je ne connais pas cet homme, mon enfant, entends-tu ? Je ne... le connais pas...

Une diversion heureuse survint bientôt.

On quittait le champ de course pour remonter l'avenue de Villers, encombrée par les équipages, défilant avec des lenteurs voulues, pour permettre à la double haie de curieux de les admirer.

Nadine et sa mère s'arrêtèrent sur la chaussée.

— J'aperçois M. Damaze ! s'écria la jeune fille.

—Où ?

— De l'autre côté de la route. L'oncle Sacha est avec lui.

Savinien, lui aussi, distinguait ces dames; avec un empressement joyeux, au risque de se faire écraser, il se faufilait entre les coupés et les fiacres, tirant Sacha Dimitriowitch par la manche de son habit.

— Ah! madame Moroy, dit-il tout essoufflé en saluant avec aisance, nous jouons à cache-cache, paraît-il?

— Je n'ai pu vous rejoindre dans cette cohue, hasarda Alexandre.

— Cela ne m'étonne pas, interrompit madame Moroy, vous êtes si distrait.

— Mais, ma sœur, ma chère Julienne, balbutia Alexandre interloqué, je... je...

— Assez!... Une autre fois, songez à me remettre l'adresse de notre appartement, et l'on se passera de vous.

Habitué à ces mercuriales, Sacha baissa la

tête. Nadine, pour racheter la dureté de sa
mère, prit gentiment son bras. M. Damaze, mécontent de la préférence, offrit le sien à madame Moroy, suivant la jeune fille avec une
expression non équivoque de reproche et d'a-
doration.

Était-ce aimable de le planter là sans un
merci, sans un de ces jolis sourires qui lui mettaient l'âme en fête? Pour la voir une minute
plus tôt, lui, il aurait traversé une fournaise.
Pour être aimé d'elle, il rêvait parfois, comme
les paladins du moyen âge, d'accomplir quelque
action extraordinaire, héroïque! Et voilà qu'elle
semblait fâchée, Nadine, tout au moins plus
préoccupée qu'à Paris lorsqu'il la voyait dans
leur appartement de la rue Demours, là-bas,
aux Ternes, dans un quartier paisible, non loin
du Bois.

Savinien souffrait en ce moment de l'indifférence affectée ou réelle de mademoiselle Moroy.

Sans s'en rendre compte, il éprouvait pour cette
belle fille, venue d'un pays lointain, dont il ne
connaissait ni la famille, ni la position, ni les
antécédents, un amour chaste et profond, capable de refouler à jamais, dans les brumes du

passé, ses fantaisies d'étudiant, ses liaisons d'homme oisif et riche.

Comment lui était venu cet amour?

Il ne savait plus. Une rencontre, un hasard, un service insignifiant rendu à Alexandre Dimitriowitch avaient tout fait. Sacha, avec sa bonhomie excessive, imaginait un soir de présenter Savinien Damaze, le fils de M. Damaze, le richissime industriel, à sa sœur et à sa nièce.

Le salon de Julienne Moroy n'était pas grand, mais si coquet, si pimpant, d'un aspect si honnête, que Savinien, subjugué par la beauté capiteuse de la mère, par le charme irrésistible de la fille, demanda et obtint la permission de revenir. Il revint en effet tout l'hiver, préférant une heure donnée à ses amies aux excitantes distractions du cercle. Nadine nuançait une tapisserie à la clarté de la lampe ; madame Moroy, assise sur une chaise basse, au coin du feu, causait art, littérature, voyages, avec l'érudition discrète, l'à-propos élégant d'une femme du meilleur monde.

D'elle-même, de sa fortune, de son mari, jamais un mot.

Une seule fois, Sacha interrogé avait laissé

entendre, en termes vagues, que M. Moroy
était mort fort jeune, deux mois avant la nais-
sence de Nadine, dans une expédition scienti-
fique sur les bords de la Caspienne.

Dans les premiers temps, Savinien croyait
deviner un peu de gêne dans le ménage,
une pauvreté orgueilleuse sous des dehors
dorés; ne surprenant jamais ni une plainte,
ni la trace d'une inquiétude, il cessait d'y
penser.

Huit mois s'écoulèrent ainsi, resserrant une
amitié réciproque, précieuse, à tous égards,
pour des étrangères isolées dans ce vaste
Paris.

Avec les chaleurs de juillet, la famille Damaze émigra vers Trouville. Savinien rencontrait donc ces dames à l'improviste, à cette
sortie des courses.

— Pourquoi mademoiselle Nadine me re-
çoit-elle si mal? se demandait-il, en prêtant
une oreille distraite au récit de madame Moroy;
et il oubliait même de lui répondre pour admirer la jeune fille suspendue au bras du vieil
oncle. Il voyait, lorsqu'elle se tournait à demi,
son profil de camée, sa joue rose, sa bouche

d'enfant aux dents éblouissantes, pendant que
son large chapeau de paille jetait une ombre
sur son cou, sur ses tresses fauves, jusque sur
son front où tremblaient, à la moindre brise,
ses frisures d'or.

— Descendez-vous à l'hôtel de Paris, madame? fit-il, sentant que la conversation lan-
guissait.

— Alexandre n'a pu y trouver de place, déclara tranquillement madame Moroy; il s'est
résigné à louer une maisonnette, je ne sais où.

Un attelage plus remarquable que les autres :
deux chevaux de race, souples, fringants, avec
des fleurs pourpre de chaque côté du frontail,
des écussons en vermeil sur les oreillères,
arracha en ce moment une exclamation à
Nadine :

— Vois donc, mère!

La voiture, armoriée, capitonnée de soie, ne
contenait qu'une seule personne : un homme, à
la mine hautaine, un imperceptible ruban rouge
à la boutonnière.

Mademoiselle Moroy se troubla comme si elle
venait de commettre une bévue. Savinien sentit
frissonner le bras de Julienne; mais vexé lui-

même d'être vu par son oncle, il n'attacha pas à ce fait singulier l'importance qu'il méritait.

— Connaissez-vous ce personnage, monsieur Damaze? interrompit avec une indifférence parfaite madame Moroy, déjà remise de son émoi passager.

— Oui, madame.

— Un Parisien, sans doute ?

— Le comte Guy de Savergny, répondit le jeune homme, qui, soit jalousie instinctive, prudence ou pressentiment, ne jugea pas à propos de déclarer leur parenté.

— Un beau nom ! fit Nadine avec un soupir involontaire.

Alexandre Dimitriowitch, fort troublé, observait sa sœur.

Guy, à l'aspect de son neveu près de cette femme qui l'avait si étrangement impressionné, dissimula un sourire énigmatique, presque méchant. Sans saluer, sans paraître voir, il secoua la cendre de son cigare, et s'absorba dans la contemplation de la fumée bleuâtre montant en spirales.

— Comment le trouvez-vous, ce noble comte ? questionnait Savinien.

— Les chevaux sont superbes, riposta Julienne de son ton acéré. Quant à l'homme, je ne
l'ai même pas regardé...

Nadine, à cette réponse, se tourna vers sa
mère. Dans ses yeux clairs se lisaient un reproche muet et un peu d'effarement.

Julienne, à n'en pas douter, reconnaissait
celui qu'elles venaient de croiser sur le champ
de course. Pour la première fois, elle, si loyale,
si strictement honnête, elle mentait devant sa
fille.

Un mensonge pour une telle futilité? se disait
la jeune fille avec un sentiment d'humiliation.

Et, se rappelant la terreur, le malaise res-
sentis par sa mère et par cet étranger, elle se
demanda encore :

Elle a tremblé tantôt... elle ment maintenant... Pourquoi?

CHAPITRE III

Sur la terrasse de l'hôtel des Roches-Noires, un homme était accoudé depuis dix minutes.

Derrière lui, par les fenêtres ouvertes, on voyait les cheminées avec leurs trophées de fleurs, la longue table royalement servie, les pyramides de fruits, les cristaux, l'argenterie chatoyant sous la lumière intense des lustres.

Les garçons de service passaient, serrés dans leur habit noir, la serviette sous le bras, disant à mi-voix, corrects et respectueux :

Bisque aux écrevisses.

Chaud-froid aux cailles.

Salmis de gelinottes...

Le murmure des conversations montait dans la buée chaude de la salle, mêlé au bruit des assiettes, aux rires à demi étouffés de quelques Américaines aux yeux de braise.

Le rêveur, lui, ne voyait ni n'entendait rien. Le regard rivé sur les vagues hérissées d'écume qui se battaient au large et accouraient, de plus en plus rapides, de plus en plus blanches, se heurter aux roches dispersées dans cette partie de la plage, il paraissait oublier l'univers entier.

Quelle vision évoquait-il, cet obstiné chercheur de sensations nouvelles?

Quelle image flottait donc devant lui, assez radieuse, assez captivante, pour lui faire méconnaître jusqu'aux exigences de son estomac?

Là-bas, là-bas, dans ce coin où le ciel jaune touchait l'eau immobile et profonde, une enfant, une femme se levait....... Sa chevelure blonde, défaite et ruisselante, la couvrait comme un voile lamé d'or; ses yeux d'ondine, changeants, rieurs ou sévères, vous causaient, s'ils se fixaient sur vous, un délicieux frisson....... La brise chantait autour d'elle, tout bas pour ne pas effaroucher sa pudeur, et l'écho répétait, plus bas encore : Nadine, Nadine!

— Dormez-vous, cher oncle? s'écria Savinien Damaze. Parole! j'ai des crampes, oh! mais des crampes!.....

—A qui la faute? fit le comte, arraché à son hallucination.

— Suis-je en retard?

— Parbleu!

— Oh! si peu, si peu!

— Il est sept heures, mon cher; lorsqu'on flirte, le temps passe vite.

— Est-ce pour moi, ce reproche? demanda Savinien d'un air innocent.

— N'en doute pas... Tu es bien heureux d'être jeune! Ah! la jeunesse, la jeunesse! L'incomparable talisman! La porte étoilée qui nous ouvre tous les paradis!

— Pas possible, petit oncle, vous devenez élégiaque? Vous?

— Je suis triste, voilà tout, répondit le comte d'un ton nerveux, en jetant son cigare éteint.

— C'est juste! *Pluton*...

— Va au diable avec ton *Pluton*..

— Qu'est-ce donc alors?

Guy se retourna vivement vers son neveu, et l'examinant en face:

— Ces deux femmes, dit-il nettement, comment les appelles-tu?

—Tiens? tiens! tiens! chantonna Savinien

avec trois exclamations diverses... C'est de ce côté que provient ce grand chagrin?...

Le comte s'impatientait.

— Répondras-tu? Elles se nomment?...

— Monsieur le comte est servi, annonça un garçon, coupant court au dialogue.

Il y eut une pause.

Savinien réfléchissait.

Étrange, en vérité, le bel oncle Guy!

Que voulait-il? Comment avait-il eu le temps de remarquer, en passant, étalé dans sa voiture, la grâce très-frappante de ses deux amies? Laquelle le préoccupait ainsi?

Julienne, sans doute. Avec son teint bronzé, ses lèvres rouges, Julienne devait faire tourner toutes les têtes... Mais Nadine? Oh! pas elle! pas Nadine... Non, non, il n'exposerait pas sa pure idole à l'admiration irrespectueuse de ce coureur d'aventures.

— Tes crampes sont passées? interrogeait le comte d'un ton gouailleur.

Savinien ne releva pas l'ironie.

Ils traversaient le vestibule meublé de divans de cuir, à dossiers sculptés.

La table était mise dans une pièce exiguë,

presque un cabinet. Par la fenêtre, on voyait
la mer et la fameuse promenade des planches,
planches sur lesquelles les bourgeois, après le
dîner du Louvre ou du Bras-d'Or, commen-
çaient à affluer.

Le menu soigné, les vins bien choisis absor-
bèrent bientôt les deux convives. L'oncle et
le neveu mangeaient silencieusement; dans
l'appartement banal, surchauffé par le gaz, on
n'entendait guère que des monosyllabes avec
le grincement des fourchettes, les allées et ve-
nues du garçon de service.

— Il est gai, notre festin, dit enfin Savinien
en vidant son verre de Corton. Un enterrement, quoi! L'enterrement de nos espérances
de ce matin !

— C'est la vie, déclara sentencieusement
M. de Savergny.

— Je perds soixante louis avec votre animal
de *Pluton*.

— Ton père payera... N'est-il pas créé
pour cela ?

— Il faut en effet des hommes comme lui,
soigneux, rangés, pour nourrir des crétins
comme moi.

Guy se dérida.

— Trop modeste, mon ami, fit-il en faisant sauter le bouchon d'une bouteille de rœderer. A qui buvons-nous ? Je porte un toast à la belle personne que tu accompagnais tantôt.

— Cette personne n'accepte pas de toast.

— Parce que...?

— Parce qu'elle n'est pas ce que vous pensez.

Le comte sourit.

— Puritain, tu nies tes bonnes fortunes.

— Je ne nie rien ; je dis ce qui est vrai.

— Mes compliments, mon bon, tu es très-fort. La défendre est chevaleresque..... Quels yeux ! J'ai cru qu'ils allaient me foudroyer.

— Où donc avez-vous fait connaissance avec ses yeux ? questionna Savinien en observant son oncle.

Celui-ci se mordit les lèvres.

— Je plaisante, reprit-il, je n'ai rien vu qu'une très-jolie brune, un profil d'Anda-louse..... elle te donnait le bras et se penchait coquettement en te parlant. Voyons, sois gentil, comment se nomme-t-elle ?

— Madame Moroy.

— Madame ?

— Sans doute. Madame Moroy.....

Guy se renversa sur sa chaise, secoué par un fou rire.

— Quel prénom ? demanda-t-il en se remettant.

— Julienne.

Cette fois, le comte avait pâli comme si vraiment ce nom fût pour lui une surprise.

Il ajouta sur le même ton insouciant :

— Et d'où ça vient-il, cette Julienne Mo..... Moroy ?

— Ça vient de Paris, riposta Savinien très-animé, et vous pouvez, monsieur le comte, lancer vos limiers sur cette piste. Votre police secrète vous apprendra que madame Moroy est une honnête femme, qu'elle vit dans un quartier retiré avec sa fille et son frère, Alexandre Dimitriowitch.

— Le sauvage que tu m'as présenté ?

— En effet. Et vous saurez que ces gens-là ne demandent rien, ne s'occupent de personne, et ne reçoivent pas davantage.

— Excepté mon neveu.

— Justement, cria Savinien de plus en plus

surexcité. Je les connais depuis longtemps, ces dames, je vais chez elles en ami, et j'entends, oui, j'entends, que tout le monde les respecte, comme je les respecte moi-même.

— Je m'incline, dit Guy désappointé.

Alors, avec sa verve railleuse, il changea la conversation, parlant turf, sport, théâtres et coulisses. Il glissa ensuite vers les confidences plus intimes, contant à merveille quelques anecdotes piquantes dont il avait été le héros. La mauvaise humeur de Savinien se fondait. Ces commérages élégants, petillants d'esprit, lui plaisaient. C'était sa manière de s'instruire, d'étudier la vie. Il écoutait confiant, ravi, étourdi par ce flux de paroles et par les fumées légères du champagne, faisant déjà papilloter devant lui les flacons décoiffés et les rosaces de la tapisserie.

Le comte, maintenant, avouait qu'il désirait se marier. Il faut bien faire une fin. Mais où trouver une compagne digne de lui? Il la voulait séduisante, distinguée..... Ah! le bon petit nid qu'il saurait lui bâtir! si soyeux, si mollement capitonné.....

— Vous avez raison, approuvait Savinien

attendri, en remuant la tête. Une femme douce, aimante, il n'y a rien de plus enviable. Moi aussi, j'ai des projets..... on vous contera cela plus tard.

— Pourquoi pas tout de suite? insinua Guy, très-désireux d'amener son neveu à ce point délicat.

Et remplissant de nouveau le verre du jeune homme :

— Ne suis-je pas ton ami beaucoup plus que ton oncle? demanda-t-il. Voyons, filleul, prends-moi pour confident. Je m'emploierai à te servir, j'intercéderai près de ton imposant papa. D'abord une question : Est-elle riche?

— Voilà l'ennui, dit Savinien soucieux. Mon père ambitionne probablement pour moi une héritière; or, celle que j'áime n'a pas de fortune..... du moins, je le crois.

— Tu n'en es donc pas sûr?

— Non.

— Bah! C'est étrange!

— La mère est discrète, hautaine, et ne se livre pas facilement.

— Leur intérieur, leur genre de vie doivent te fournir des renseignements.

— Insuffisants. Je constate chez elles beaucoup de goût, une disposition savante des
moindres objets, mais je ne sais rien de
plus.

— Prends des informations !

— J'y ai songé, seulement.....

Guy glissa un regard sournois vers le jeune
homme.

— Seulement quoi ? Confesse-toi, petit, je
suis si indulgent..... profites-en !

— Personne ne connaît ces dames, reprit
Savinien embarrassé.

M. de Savergny réprima une moue dédaigneuse.

— Ce sont des bourgeoises ?

— Non, des étrangères.

Le visage du comte rayonna.

Évidemment, son benêt de neveu faisait allusion aux dames Moroy. Enfin ! enfin !

Sans soupçonner le piége, exalté par les liba-
tions trop fréquentes, Savinien traça le portrait
de Nadine.

Elle était simple, cette jeune fille, instruite,
fière, loyale, enjouée ; avec des naïvetés adorables, elle possédait un esprit sérieux, un

cœur aimant. Il ne prononça pas une seule fois
son nom, mais il vanta sa beauté, le plein épa-
nouissement de cette jeunesse vivace qui emplissait de lumière l'entre-sol de la rue Demours.
Emporté par son enthousiasme, il livra inno-
cemment ses secrets, ses rêves, sans remarquer
que l'œil noir du comte s'animait d'une façon
inquiétante, comme si Nadine eût surgi devant
lui, sous cette clarté crue des becs de gaz,
avec son auréole de cheveux blonds.

CHAPITRE IV

Très-satisfaits l'un de l'autre, le cigare aux lèvres, Guy et Savinien descendaient lentement vers Trouville.

Il y avait beaucoup de monde sur les planches; femmes fardées et gommeux, brasseurs d'affaires, sportsmen, fillettes habillées comme des poupées; du monde sous la tente pour admirer la mer phosphorescente battant son plein; foule autour du casino étincelant dont les tentures rouges, les drapeaux, les banderoles flottaient au vent tiède de la nuit.

Sous le ciel orageux et sombre, les vagues, aux crêtes de feu, se dressaient toutes droites, puis, abaissées tout à coup, expirantes, elles répandaient une nappe de lumière que le flot suivant lavait aussitôt.

Sur la droite, du côté du Havre, un navire

faisait des expériences d'électricité, et envoyait jusque sur les quais, jusque sur les villas de Deauville, les rayons de ses puissants appareils.

Savinien, égayé, babillait comme une femme nerveuse. Le comte réfléchissait.

Il ne parvenait pas à chasser le souvenir des dames Moroy : l'une l'attirait, l'autre l'effrayait.

Peut-être n'eût-il pas songé à la jeune fille, si charmante qu'elle fût, si celle-ci ne lui était apparue près de Julienne. Julienne! Sphinx étrange et redoutable. Quoi donc? N'oublie-t-on jamais? Les secrets enfouis sous la cendre des années se réveillent-ils ainsi, poignants et délicieux?

—Je saurai quel est ce Moroy, se répétait le comte. Nadine est un nom russe, mais Moroy est bien français..... Bah! le mariage, n'est-ce pas la fin de tous les romans imaginés ou réels?... Pourquoi diable se trouve-t-elle en France?... N'importe! J'ai éprouvé tantôt une émotion atroce en me trouvant face à face avec elle... les palpitations m'étouffaient... c'est bête! décidément, c'est trop bête!...

— Dis donc, filleul, s'écria-t-il tout haut, pour secouer ces fâcheuses pensées, si nous faisions un tour à la salle de jeu ?

— Je suis à sec, murmura Savinien.

— Veux-tu de moi pour banquier ?

— Merci, je tiens à être sage... D'ailleurs, j'aperçois papa.

Le comte réprima un geste de mécontentement. A vingt pas d'eux, en effet, un homme s'avançait. Grand, les épaules larges, la tête puissante avec un front bombé encadré d'une chevelure épaisse, il paraissait à première vue un peu commun. Ses yeux, de nuance indécise, striés de filets sanguinolents, pétillaient d'intelligence. Bâti comme un portefaix, sa solidité physique répondait à sa force morale. Travailleur opiniâtre, obsédé par une idée fixe : la prospérité de son usine, il passait indifférent au milieu des plaisirs parisiens, restant onze mois de l'année à Andelle, et par condescendance pour sa femme consentait, durant le douzième mois, à la conduire, selon son caprice, à Bagnères de Luchon, à Vichy ou à Trouville.

MM. de Savergny et Damaze s'abordèrent

d'un air froidement poli, trahissant, sans le
vouloir, leur instinctive aversion.

Le comte, mince malgré ses quarante-trois
ans, délicat, affiné par la vie à outrance, avait
grand air avec son teint mat qui avivait l'éclat
passionné de ses yeux. Aussi trouvait-il
souverainement déplaisant le visage coloré de
son beau-frère, sa barbe drue piquée de poils
roux, ses bras musculeux, ses mains déformées
par la besogne manuelle, toute cette personnalité bien vivante, bien portante, rude parfois, à laquelle le riche sang du peuple donnait
une vigueur qu'il n'avait jamais connue, lui, le
descendant d'une vieille race appauvrie.

— Ma sœur va-t-elle mieux? interrogea Guy
après les premières banalités échangées.

— Non, sa névralgie ne lui laisse aucun
repos, répondit M. Damaze; je crois, en vérité, que la mer ne lui convient pas.

— Ce climat serait-il moins salubre que celui
d'Andelle? questionna le comte avec sa condescendance railleuse.

— Je le crains, fit paisiblement le négociant;
aussi vais-je hâter le départ.

— Déjà? s'écria Savinien.

Mécontent, le comte fronça les sourcils.

Il arrivait, lui, ne se décidant à quitter son cher Paris, le club, les boulevards poudreux, les rues asphyxiantes, qu'au dernier moment, pour les courses. Ce rustre de mari s'aviserait-il de l'empêcher de voir sa sœur?

Guy se sentait disposé à entamer une discussion irritante. Savinien intervint.

— Restons encore huit jours, cher père, je suis persuadé que maman le désire.

— Toi aussi? dit M. Damaze avec une intonation de tristesse. Et les affaires, mon enfant?

— Je suis un écervelé, s'empressa d'ajouter le jeune homme, comprenant sa bévue ; cette animation de Trouville m'amuse tant !

— Plus que le grincement des navettes et le bruit des métiers, acheva Guy en riant. Je suis de ton avis, mon filleul, la fumée de votre fabrique me prend à la gorge, sans compter que l'aspect des blouses sales m'écœure.

M. Damaze plongea droit son regard dans les yeux de son beau-frère.

— Vous donnez d'étranges conseils à votre neveu, mon cher comte; je travaille bien, moi !

— Cela se comprend !

— J'ai travaillé beaucoup, poursuivit M. Damaze, fier de ses succès commerciaux ; j'ai travaillé parce que j'étais pauvre, mon fils doit travailler pour rester honnête homme et homme utile.

— Admirables théories ! déclara Guy, jouant avec sa canne.

— Que vous ne partagez pas ?

— Certes non ! Je n'ai jamais su que dépenser, moi !

— C'est votre droit, beau-frère ; le mien est d'exiger que Savinien m'imite. Chez nous, voyez-vous, le travail, c'est la santé, la prospérité, l'honneur !

— Des grands mots.

— Des choses toutes naturelles, rectifia Damaze. Que fait-on, mon Dieu, quand on n'a pas une occupation quotidienne où dépenser ses forces, où mettre ses pensées et son activité ?

— On s'amuse, parbleu ! On fait la fête ! On nargue les chagrins, on boit à la destruction du phylloxera, à la santé des sots ; on se moque de tout le monde !...

— S'amuser toujours doit devenir bien ennuyeux. Examinez, du reste, vos partisans du plaisir à outrance, et si vous me découvrez, mon cher comte, parmi nous autres, les ouvriers, des gens plus épuisés, plus languissants, plus dégoûtés d'eux-mêmes que vos viveurs anémiques, accourez me les nommer, je démolirai mes métiers pour devenir votre disciple.

— Vaincu, petit oncle, vaincu, dit Savinien. Je tombe de fatigue et vous demande la permission de regagner le gîte paternel.

Guy désigna l'escalier du casino.

— Vous ne montez pas?

— Pas ce soir, se hâta de répondre le jeune homme, pour éviter à son père l'embarras d'un refus.

— Au revoir, alors!

— Bonsoir!

— A demain!

On échangea une poignée de main, et tandis que le comte traversait la plate-forme dominant la mer pour s'enfoncer dans la brillante cohue qui remplissait les salons, Savinien passait son bras sous celui de l'industriel et l'entraînait vers la rue de Paris.

Il y eut un instant de silence.

M. Damaze le rompit le premier.

— Mon cher ami, fit-il avec une douceur inattendue chez cet athlète, promets-moi que tu ne seras jamais un Savergny.

— Oh ! père !

— C'est par déférence pour ta mère, pour avoir la paix au logis, que j'autorise ton intimité avec ton oncle... Cette intimité, mon enfant, m'est pénible, très-pénible ; je sens qu'elle t'est préjudiciable.

Savinien, dont le caractère faible pliait devant l'énergique personnalité du négociant, n'osa protester.

— Vois-tu, petit, poursuivit celui-ci en s'animant, ce Guy de Savergny me hait. Je devine son mépris dans chacune de ses paroles, dans chacun de ses gestes. Il ne m'a pas pardonné, il ne me pardonnera jamais la mésalliance de sa sœur. Mésalliance ! Quel mot stupide ! Est-ce donc se mésallier pour une honnête fille que d'épouser un honnête homme ? Est-ce s'avilir que de demander au labeur de ses mains, de son intelligence, le bien-être des siens ? Trouve-t-il plus honorable de contracter des dettes, de gaspiller son temps et son argent, de laisser un peu de sa santé dans toutes les orgies, un peu de son or dans tous les tripots? Il fait courir, et il n'est pas certain qu'il paye les gages de ses palefreniers !

— Vous êtes sévère, murmura Savinien.

— Qui sait, acheva Damaze en parlant très-bas, qui sait ce que l'on découvrirait dans son passé en fouillant bien? Ah ! je plains les oisifs; la tentation du mal les sollicite sans cesse; le malheur, près d'eux, veille à toutes les portes...

— Père, dit Savinien en s'arrêtant devant l'hôtel de Paris, je t'obéirai toujours.

— Même si je t'imposais un devoir pénible ?

— Oui, je te le promets ! Mais tu m'effrayes, ajouta-t-il en riant; je ne suis pas un héros, moi !

— Sois un homme, dit Damaze, cela suffit et cela vaut mieux !

CHAPITRE V

Dans une maison de la rue des Bains, trois personnes étaient réunies dans la salle à manger. On achevait de dîner.

Sur la table, couverte d'une toile cirée blanche, une lampe à pétrole éclairait les couverts de ruolz, les plats de faïence, le litre vide posé près d'Alexandre Dimitriowitch.

Les deux rides qui coupaient les joues du vieillard semblaient, ce soir-là, se creuser davantage pendant qu'il épluchait, très-soigneusement, l'os d'une côtelette de mouton, son grand nez penché vers l'assiette.

Près de lui, Nadine, un coude sur la table, ses doigts fins fourrageant ses cheveux dénoués sur son peignoir rose, grignotait un biscuit un peu sec, retrouvé dans le sac de voyage.

En face, madame Moroy, roide dans sa robe

noire, les yeux luisants de fièvre, attendait,
avec une impatience mal contenue, que son
frère eût achevé son repas.

Cette scène muette de la vie intime aurait
tenté le pinceau de Siméon Chardin, le peintre
de la réalité, le poëte et l'historien des humbles. Lui, capable de faire un chef-d'œuvre
avec un pot de grès et une rose, un enfant et
un tambour brisé, il aurait saisi avec son habi-
leté magique les expressions, les sentiments,
les natures si opposées de ces trois personnages : le vieux soldat vulgaire, inintelligent,
mais pratique; la mère résolue, toujours prête
à se défendre comme si un danger mystérieux
la menaçait, portait l'orgueil au front et au
cœur d'inoubliables souvenirs.

Entre eux d'eux, Nadine paraissait d'une
autre race. Elle ressemblait à une jeune souveraine condamnée par les mauvaises fées à végé-
ter au milieu des bornes étouffantes de la mé-
diocrité ; elle faisait songer aux œrides, ces
orchidées tropicales qui, en dépit de l'extraordinaire beauté de leur inflorescence, vivent
sans terre, sans eau, suspendues dans la buée
humide des serres chaudes.

3.

Incapable de se maîtriser davantage, d'un mouvement brusque madame Moroy recula sa chaise, qui grinça sur les carreaux fraîchement huilés.

La jeune fille tressaillit ; son esprit voyageait bien loin, dans les féeriques pays du rêve ; Alexandre, lui, laissa retomber son os et son couteau.

— Comment vous êtes-vous décidé à louer cette horreur d'habitation, Sacha ? dit madame Moroy de sa voix la plus agressive.

— Vous m'avez fixé un prix si minime ! fit-il, surpris de cette observation.

— Sans doute, mais on pouvait trouver mieux.

— J'ai cherché partout, cependant.

— Pourquoi n'avoir pas préféré l'hôtel ?

— Impossible, Julienne, les conditions y sont exorbitantes.

— Vous êtes un maladroit ! Il fallait retenir une chambre au quatrième étage de l'hôtel de Paris. Au moins a-t-on la ressource d'alléguer le manque de place ; mais se loger dans ce taudis, n'est-ce pas afficher sa misère ?

— Nous ne recevrons personne, mère, avança Nadine.

Madame Moroy se tourna vers elle.

— Vraiment! fit-elle, moqueuse, personne? Et M. Savinien, faudra-t-il le congédier aussi?

La jeune fille devint pourpre.

— Comme vous voudrez, maman, balbutia-t-elle.

— Comme je voudrai! Quelle soumission! Et toi, que veux-tu?

— Je vous l'ai dit au commencement de l'été, répliqua mademoiselle Moroy d'un accent plus ferme; j'aurais préféré ne pas revoir M. Damaze.

La mère haussa les épaules.

— Je sais, je sais, répondit-elle impatientée, lorsque tu t'es aperçue que ton amitié pour Savinien pourrait devenir de l'amour, tu aurais voulu le renvoyer?

— Ou le prévenir...

D'un regard madame Moroy foudroya l'audacieuse.

— Prévenir de quoi? interrogea-t-elle avec hauteur. Que nous ne sommes pas million-naires comme lui? Il devait bien s'en apercevoir, et puisqu'il persévérait à venir, c'est que notre position ne le choquait pas.

Nadine jugea inutile de relever l'observation. Elle acheva son biscuit en contemplant la lampe dont la flamme fumeuse dansait à cause d'un courant d'air.

Comme elle avait été heureuse, en sortant des courses, de rencontrer Savinien! Pauvre Savinien! Elle l'aimait bien, et pourtant elle s'était détournée, jouant l'indifférence, tandis que son cœur battait à gros coups. Oui, elle évitait de l'encourager, de lui laisser deviner sa tendresse, chaque jour grandissante. Était-ce une fierté outrée, ridicule? Non certes! Seulement il lui répugnait de tremper dans le complot maternel, de faire la chasse au mari, de capter par ses coquetteries cette immense fortune des Damaze.

Sa mère continuait à discuter avec l'oncle Alexandre. Nadine alors repassa les moindres incidents de cette journée.

Chose étrange!

Sans cesse, derrière Savinien, un autre visage surgissait et l'attirait d'une façon magnétique.

Comme il était beau, ce comte de Savergny !

Avec quelle expression troublante, deux
fois, ses yeux caressants s'étaient fixés sur elle !
Aussitôt les chevaux noirs, l'équipage luxueux
qui lui avaient donné, sur la route, durant un
éclair, la vision nette d'une vie dont elle ne
connaîtrait jamais les enchantements, repas-
saient devant elle.

Guy de Savergny !

Il lui semblait doux, harmonieux à prononcer, ce nom aristocratique. Hélas ! celui-là aussi
était riche, trop riche...

Nadine soupira, réveillée par la voix conci-
liante de l'oncle :

— Voyons, Julienne, disait-il, quelle susceptibilité nerveuse as-tu ce soir ? Je n'y comprends
rien. Pourquoi batailler pour ce logement ? Il
est propre, suffisamment grand... Viens, je
vais t'en faire les honneurs.

Alexandre se leva, prit la lampe, et, l'éle-
vant un peu, il la promena autour de la
chambre.

C'était une pièce carrelée, d'aspect maussade, avec une fenêtre sur la rue et une che-

minée factice supportant un buste de M. Thiers, entre deux de ces gros coquillages qui gardent, dans leurs volutes roses, le bruissement de la mer. Au fond une alcôve s'ouvrait, dissimulée par deux portes peintes. On apercevait la courte-pointe de serge rouge, le lit de noyer.

— Je retiens ceci pour moi, déclara Dimitriowitch avec son bon sourire d'homme toujours satisfait. Votre appartement, mesdames, est de ce côté.

Il les guida vers un réduit tapissé de papier pâle, avec des meubles et des rideaux de cretonne bleue semés de guirlandes en grisaille. Un guéridon encombré de brochures et de journaux, une chaise longue, un tapis presque frais, une jardinière garnie de géraniums et de fougères faisaient de ce coin étroit une retraite élégante.

Nadine fut ravie; madame Moroy, ne trouvant rien à critiquer, approuva d'un signe.

On retourna dans la salle.

Alexandre, en un clin d'œil, avec l'agilité que donne l'habitude, emporta la table vers une cuisine lilliputienne située sur les derrières.

Il rentra et s'assit près de la croisée, après avoir approché pour sa sœur le meilleur fauteuil.

Madame Moroy s'y laissa tomber, brisée par la lutte intérieure qu'elle soutenait.

Femme de tête et de volonté, elle ne connaissait pas d'ordinaire ces alanguissements et ces lassitudes. Toujours sur la brèche, administrant d'une main virile une petite fortune gagnée sou à sou, elle mettait beaucoup d'amour-propre à dissimuler ses soucis aux indifférents. Elle n'éprouvait qu'une affection, un amour, une faiblesse : sa fille. Elle adorait Nadine, même en la brusquant parfois.

Pour cette enfant, qui lui avait coûté bien des larmes, elle avait travaillé comme une ouvrière, économisé comme une avare.

Rien ne lui avait semblé trop dur ou trop humiliant pour entourer cette plante fragile d'un luxe relatif, pour l'instruire, lui aplanir les aspérités du chemin, lui préparer un avenir honorable. La marier, la mettre à l'abri de ces orages qui emportent comme des feuilles mortes les filles pauvres et sans protection, tel était le but que madame Moroy poursuivait de-

puis dix-huit ans. Nadine était belle, elle serait
aimée. Mais qui l'épouserait? Ce mari, qu'elle
souhaitait pour son enfant, où le rencontrerait-
elle? Et elle cherchait, elle attendait, elle
comptait sur la chance, sur le hasard, sur la
Providence, mère parfois, et qui lui devait bien,
à elle, l'obscure martyre, une revanche écla-
tante.

Jusqu'à ce jour, Julienne n'avait pas déses-
péré. En ce moment, au contraire, son énergie
faiblissait; dans le calme de la maisonnette,
elle fermait les yeux pour ne pas le revoir, ce
terrible comte de Savergny.

Guy de Savergny! D'où venait-il, ce fantôme?

Pourquoi, après tant d'années de silence et
d'oubli, l'apercevait-elle tout à coup, dans une
flambée de soleil, sur la pelouse verte du champ
de course?

— Lui, lui! se répétait madame Moroy.
Est-ce une menace? Sera-ce une revendica-
tion?

Et une colère sourde montant en elle, réveil-
lait les souvenirs assoupis, les souffrances
endurées, les déboires subis.

— Mère, dit doucement Nadine en s'approchant, je suis fatiguée, j'ai sommeil...

— Va, ma mignonne, va te coucher.

— Et toi ?

— J'ai à causer avec ton oncle.

— Tu n'es plus fâchée ? demanda la jeune fille d'un ton câlin.

— Eh ! non, ma chérie, n'y songe plus.

Mademoiselle Moroy embrassa sa mère, et gagna le nid bleu, où bientôt elle s'endormit du bon sommeil de la jeunesse.

— Sacha, appela tout bas Julienne, approche-toi ; que te semble de cette rencontre ?

Avant de risquer une réponse, Alexandre Dimitriowitch s'assura que la porte communiquant avec l'appartement voisin fermait hermétiquement ; puis, d'un geste machinal, passant sa main sur son menton, il dit, non sans embarras :

Cette rencontre est fâcheuse ; je n'y vois cependant rien de très-menaçant.

— L'as-tu vu ?

— Sans doute, Savinien Damaze nous a présentés l'un à l'autre. Je ne le connaissais pas, mais ce nom...

— C'est vrai, interrompit Julienne d'une voix sans intonation, comme si elle se parlait à elle-même, tu étais à l'armée, toi ; à ton retour, il venait de partir pour la France.

— A quoi bon secouer la poussière de ces vieux souvenirs, ma sœur ? hasarda Alexandre.

— Malheureux ! tu me demandes pourquoi ? Ah ! tu ignores qu'il m'a reconnue..... Oui, Sacha, il m'a reconnue..... Nous sommes devenus pâles tous les deux comme des criminels, et lui, lui, le coupable, il a, sous mon regard, courbé le front. Écoute, ajouta la jeune femme, la poitrine haletante, ce n'est pas tout.....

Alexandre devint anxieux.

— Tu m'effrayes, murmura-t-il, explique-toi.

— Je vais..... je vais te l'apprendre.

Elle s'arrêta.

Des gouttes de sueur perlaient à ses tempes, les mots s'étranglaient dans sa gorge.

— Vois-tu, j'ai tenté de te donner le change devant l'enfant, bégaya-t-elle, je t'ai fait une mauvaise querelle..... j'avais besoin d'un dérivatif. Cet homme, figure-toi, ce Guy de Savergny a remarqué Nadine..... Lorsqu'il s'est incliné si bas, c'était moins par respect pour sa victime que par admiration pour une autre...

— Une autre?

— Tu ne comprends pas? Il a aperçu Nadine, et l'a trouvée admirablement belle..... Dans ses yeux, une convoitise éclatait ardente, brutale. Le caprice est sa loi, il voudra la revoir, il la poursuivra, il.....

— Oh! s'écria Sacha indigné en reculant d'un pas.

— J'en suis certaine. L'impression produite a été profonde; de là cette terreur que je ne puis vaincre.

— Tu exagères peut-être.

— Non, nous autres, femmes, nous ne nous trompons pas à ces choses-là.

— Que feras-tu alors?

Elle se dressa d'un bond.

— Ce que je ferai? Je lutterai! Je lutterai de nouveau, je lutterai jusqu'à la fin. Ma haine, cette haine qui jadis a centuplé mes forces, n'est pas morte. Malheur à lui s'il s'attaque à Nadine, s'il lui nuit si peu que ce soit!... Je n'ai qu'elle! Elle est à moi! bien à moi, à moi toute seule!

En prononçant ces mots, Julienne était vraiment belle.

Les instincts de sa nature violente se réveil-
laient âpres, farouches. Elle était mère, celle-là,
uniquement mère, partiale, entêtée, tenant par
les mille liens de sa chair à l'unique tendresse
de sa vie, et capable, à l'occasion, de tout oser
pour défendre son trésor.

Alexandre saisit ses mains, essayant de lui
souffler un peu de raison.

Avec sa puissance de volonté ordinaire, Julienne se maîtrisa en effet, promit de réfléchir,
de ne rien précipiter, et quitta enfin son frère
pour regagner son appartement.

Dimitriowitch ferma les volets, fit jouer les
serrures, et la maison parut s'assoupir dans le
calme de la rue déserte.

CHAPITRE VI

Julienne Moroy ne dormait pas.

Longtemps, à la lueur de la lampe posée sur la table, elle avait contemplé sa fille, pelotonnée comme une chatte au fond du lit bleu, un bras replié sur sa poitrine.

— Couche-toi, mère, balbutiait Nadine en entr'ouvrant ses paupières alourdies par le sommeil.

La mère baissa alors la lumière, et songeuse procéda à sa toilette de nuit. Elle remplaça sa robe par un peignoir d'indienne, et, se sentant incapable de goûter le moindre repos, alla s'asseoir près de la fenêtre, dont elle entre-bâilla la persienne.

La croisée ouvrait sur des jardinets séparés les uns des autres par des treillages de bois. On distinguait quelques rosiers à hautes

tiges, un carré d'oseille, des laitues, des chico-
rées dans les coins avec des coronilles à fleurs
jaunes, dont la fine odeur de mirabelle montait
par bouffées. Au fond, se trouvait un petit han-
gar couvert de chaume, où un rayon de lune
entrait hardiment, faisant reluire les bêches, les
houes, les arrosoirs déposés pêle-mêle contre le
mur.

Julienne respira librement.

Un vent frais agitait les taillis de fusain servant
de clôture. Le bruit de la mer, par intervalles
inégaux, lui arrivait comme le roulement lointain d'une voiture dans quelque chemin de
montagne; derrière elle, la respiration légère
de Nadine semblait vouloir apaiser sa fièvre.

Une fièvre intense lui brûlait en effet le sang.
Dans sa tête, les idées tourbillonnaient, affolées,
sans suite. C'était un roulis douloureux où
mille images, d'abord brouillées, surgissaient à
la fois, puis, retrouvant la netteté de leurs contours, s'imposaient avec la force des sensations
déjà éprouvées, des souffrances déjà connues.

Le présent, c'est-à-dire cette chambre silen-
cieuse, cette enfant endormie, cette rencontre
même de Guy, tout cela : sécurité, tendresse,

appréhension, disparaissait devant madame
Moroy, dont la mémoire, subitement réveillée,
reconstruisait l'histoire de son passé. Tous
ses souvenirs, hier encore engourdis, se pressaient maintenant autour d'elle, plus vifs, plus
précis de minute en minute; les uns, rayon-
nants et joyeux; les autres, poignants et
sombres.

Eh quoi! De telles choses arrivent?

N'était-ce pas plutôt un conte bizarre, le ro-
man d'une autre?

Les yeux ouverts comme si elle voulait son-
der un horizon qui reculait toujours, mais en
réalité le regard rivé sur les outils brillants, Julienne revit soudainement la maison peinte en
jaune, située dans une rue montueuse de Moscou,
là-bas, tout en haut de la Salenka, près de la
fameuse institution Dumouchel. Elle était laide,
cette maison, et pauvre, et triste. Mais Julienne
y était née, ses parents y étaient morts, et elle
l'aimait.

Par les fenêtres de sa chambre, elle apercevait la Moskowa baignant le Kremlin, les deux
ponts sur la rivière, le quartier populeux où l'on
rencontre des banques de l'État, des comptoirs

de gros négociants, des boutiques sordides de marchands de poissons salés.

En face, s'élevait un monument d'architecture grecque, plus vaste que nos Tuileries incendiées, palais à deux mille croisées, construit par la nation pour les indigents et les enfants trouvés[1].

Ce panorama familier se reconstruisait ainsi pièce à pièce; les pelouses et les arbres du jardin d'Alexandre, les tours fantastiques de Vossili Blagennoï, œuvre d'un fou sublime, la petite chapelle de Kazan, où, dans l'ombre trouée par les lampadaires, le visage et les mains de la Vierge apparaissaient seuls sous les plaques d'orfévrerie, défilaient devant elle. Puis, c'étaient les toitures bigarrées des maisons, les tracktirs (auberges) encombrés, les profils asiatiques des marchands assis derrière leurs éventaires, les murailles crénelées des demeures impériales, les bulbes d'or des monastères, cou-

---

[1] L'établissement des Enfants trouvés n'est pas seulement un refuge, c'est une maison d'éducation de premier ordre. On y reçoit en moyenne quatre mille six cents enfants par an, envoyés dans les campagnes pour être nourris pendant le premier âge. Plus tard, ces petits abandonnés deviennent cultivateurs, médecins, professeurs, fonctionnaires, etc.

ronnant les hauteurs, la statue colossale de
Minin [1], l'aspect bizarre que présentent les
« Lignes », ces trois mille magasins enfoncés
sous des arcades écrasées où l'on n'allume jamais de lumière, où des millionnaires vêtus de
touloupes entassent du fer, des bijoux, des
parfums, des tapis, des étoffes d'Orient.

Oui, elle retrouvait les impressions les plus
fugitives comme les objets les plus indifférents.

Dans la vieille bâtisse de la Salenka, elle
croyait apercevoir sa mère, une femme malade
toussant sans cesse, qui vaquait, malgré tout,
aux soins du ménage. Le père, Dimitri Négline,
mort pendant sa première enfance, ne lui rappelait que des coups de fouet et un portrait insignifiant accroché au chevet du lit maternel,
sous l'image sainte, où, les jours de fête, brûle
la lampe traditionnelle.

Elle se reconnaissait aussi dans la jolie Youlie
(Julie ou Julienne), comme on l'appelait jadis.
Cette Youlie était grande déjà, élancée, ravis-
sante sous les robes très-simples imposées par

[1] Ce groupe de bronze, *Minin et Pojarskoï*, est l'œuvre
d'un artiste russe, M. Marloss. On sait que Minin est un
boucher, Pojarskoï un prince, immortalisés par le même
patriotisme et le même dévouement.

les maigres revenus de la famille. Ses yeux
noirs, pleins de feu, faisaient, dans les rues,
retourner les passants et autorisaient les amis
de la maison à dire à la veuve :

— Gardez-la bien, Anicia Fédorodowna,
elle n'est pas destinée à être la compagne
d'un moujik; elle serait digne de tenter un
prince.

Anicia soupirait; mademoiselle Négline,
occupée à attifer sa dernière poupée, trouvait
tout simple d'atteindre un jour à de hautes destinées.

Poussée par ses amis, Anicia s'imposait des
sacrifices héroïques pour placer sa fille dans la
pension fréquentée par l'élite de la bourgeoisie
moscovite. Avec une intelligence ouverte, celle-
ci apprenait vite et bien ce qu'on lui enseignait,
notamment le français, les langues étrangères,
et prenait, au contact des enfants riches, des
manières plus réservées, des idées plus fières.
En même temps, son esprit orgueilleux se traçait, d'avance, la position à conquérir, le rôle
à remplir dans la vie.

Un soir d'hiver, Anicia, alitée seulement
depuis huit jours, mourut sans bruit, et la

jeune fille, — elle avait dix-sept ans alors, — restait seule et absolument pauvre.

Les amis, par prudence, s'écartaient de l'orpheline. Ceux qui, depuis quinze ans, buvaient leur thé chaque dimanche chez Anicia Fédorodowna affectaient un surcroît d'occupations, et oubliaient le chemin du logis hospitalier.

Youlie, pourtant, possédait un frère.

Beaucoup plus âgé qu'elle, soldat dans le midi de l'empire, Alexandre Dimitriowitch aimait cette fillette qu'il connaissait à peine. A la nouvelle de la mort de leur mère, il n'hésitait pas à se rendre à Moscou.

Vendre la maison, payer les dettes, n'exigeait pas grand temps.

La position liquidée, il restait aux orphelins une centaine de roubles ; il en prélevait vingt-cinq pour lui, et abandonnait généreusement la grosse part à sa sœur, en la confiant à un parent éloigné appelé à remplir les fonctions de tuteur.

Avec sa demi-instruction, ses goûts raffinés, l'orpheline souffrait horriblement dans la demeure indigente de son protecteur nouveau, moujik borné et obtus, autocrate dans son

isba comme tous les paysans slaves. Ce vieillard
avare, rigide, ne comprenant rien aux bizarre-
ries de sa pupille, la rudoyait sans pitié, prêt à
recourir à l'argument suprême : le bâton.

Youlie n'avait rien de l'humble résignation
de sa race. Un sang généreux gonflait ses
veines, elle réprimait mal ses appétits de luxe,
ses révoltes farouches contre le sort. Belle, ad-
mirée, elle comptait goûter aux joies ignorées ;
mais gardée par son indomptable orgueil, par
l'idée qu'elle se faisait de sa valeur personnelle,
elle attendait impatiemment le prince de ses
rêves d'enfant, inaccessible d'ailleurs aux tentations vulgaires.

Comme elle atteignait sa dix-neuvième année,
un hasard heureux vint la tirer de cette situation précaire.

Touchée de sa grâce, de son réel mérite, madame Libanoff, la directrice de son pensionnat,
qui cherchait partout une jeune fille parlant le
français, lui confiait la dernière classe des enfants.

L'imagination tempérée déjà par le malheur,
Youlie acceptait sans répugnance cette place
peu productive ; et lorsque madame Libanoff,

veuve depuis longtemps, jugeait l'heure venue de se retirer des affaires, elle emmenait la jeune institutrice, qu'elle aimait autant qu'une fille adoptive.

. . . .

Ici, Julienne Moroy, toujours appuyée à sa croisée, fit un mouvement pour essuyer ses joues inondées de larmes.

Oh! les bons souvenirs que ceux de cette période de détente morale et de bien-être!

Comme l'image de cette madame Libanoff, avec sa large figure couperosée, son sourire épanoui, lui revenait, après tant d'années, distincte, vivace! Mille détails, dédaignés autrefois, lui apparaissaient maintenant comme des plaisirs savoureux.

C'étaient les longs séjours à la campagne pendant les vacances des élèves, les promenades lentes, au pas de sa vieille amie, dans le steppe embrumé, sous les arbres si vite jaunis, les projets ébauchés pendant les soirées d'automne, lorsqu'on commençait à allumer le poêle, et que le samovar de cuivre chantait sur la table.

Pourquoi n'avait-elle pas continué cette vie

monotone, sans secousses? Pourquoi, surtout,
l'avait-elle connu, lui, le charmeur fatal?...

La destinée, hélas! ne nous répond jamais.
Inflexible, sourde, muette, elle n'a qu'un œil à
demi fermé, et, inconsciente, brutale, elle va
droit devant elle, broyant les hommes sous ses
doigts de fer.

Après cette réflexion amère, Julienne se renversa dans son fauteuil et pleura.

Oh! si le sommeil lui donnait l'oubli!

Comment échapper, au moins pour quelques
heures, à ce passé palpitant, dressé maintenant
devant elle? Nadine s'agitait; les roses et les
coronilles du jardin frissonnaient sous un vent
plus âpre. Vaincue par la fatigue, madame Moroy ferma les yeux. Non, elle ne voulait plus
penser, elle ne voulait plus s'appesantir sur les
événements qui, à partir de cette époque, bou-
leversèrent son existence.

Arrivée à ce point, effrayée, elle reculait instinctivement.

Tournons donc pour elle cette page de sa vie.

CHAPITRE VII

Il faisait très-froid par cette soirée de décembre. Une couche de neige, comme un épais tapis, couvrait les rues de Moscou, coiffait de bonnets blancs les innombrables clochetons de ses églises, laissant surgir, çà et là, une tour, un beffroi, une croix grecque, un coin de coupole aux reflets métalliques.

Personne dans les rues ; les gardes de nuit, enveloppés dans leurs redingotes grises, arpentaient les trottoirs ; le gaz terne, jaunâtre, tremblotait dans les réverbères très-espacés ; de rares traîneaux filaient, sans bruit, sur les boulevards trop larges, projetant, durant une seconde, la clarté de leurs lanternes sur les boutiques closes, sur les maisons à demi obscures, sur les arbres aux branches alourdies, sur les objets aux contours incertains, noyés dans cette blancheur des neiges. Sous le rayonnement de ce ciel du Nord, aussi criblé d'étoiles qu'un ciel africain, la ville d'Ivan le Terrible, qui a déjà, sous le soleil, un reflet oriental, prenait dans le silence, avec ses draperies d'hermine jetées sur ses remparts croulants et ses palais d'hier, l'aspect d'une cité féerique.

Autour du Grand Théâtre, masse d'architecture plus majestueuse qu'élégante, la solitude cessait brusquement.

On y donnait une représentation extraordinaire. Les vitres étincelantes envoyaient des flots de lumière sur les toitures, sur la fontaine gelée, perdue sur cette place immense, sur les harnais des chevaux qui, sur trois rangs, stationnaient autour du monument.

Dix heures sonnèrent.

Un jeune homme de vingt-deux à vingt-trois ans, taille élevée sans excès, tournure svelte, parut sous le péristyle.

Il sortait de la salle; sa distinction, ses vêtements entrevus sous la pelisse de drap bleu endossée à la hâte, dans le vestiaire, trahissaient un étranger.

Il s'arrêta sur la première marche comme s'il hésitait à prendre une décision.

Ses yeux noirs, fort mobiles, éclairaient une physionomie hautaine ; ses cheveux coupés court découvraient le front intelligent ; la chaude pâleur de son teint, la légèreté de son allure ajoutaient un attrait de plus au charme que dégageait toute sa personne.

Un moujik qui courait sur le chemin pour se réchauffer, en attendant l'appel des voitures, lui offrit ses services.

— Oui, dit-il brièvement, préviens mon cocher.

Un traîneau de maître s'avança bientôt.

— Vivement, Pawlo ; tu arrêteras chez le fleuriste, puis à la Salenka... tu sais, maison Libanoff.

Dans le magasin encombré de plantes, le jeune homme choisit un superbe paquet de jacinthes roses, — les fleurs préférées des Moscovites, — jeta quelques roubles sur le comptoir, et sauta de nouveau dans le traîneau.

Pendant ce second trajet, il tira une carte de visite de son portefeuille, l'écorna au coin, avant de la glisser dans le bouquet.

Cette carte portait :

```
┌──────────────────────────────────────┐
│                                        │
│                                        │
│       GUY DE SAVERGNY                   │
│      Attaché au Consulat de France      │
│                                        │
│                                        │
│                              MOSCOU     │
│                                        │
└──────────────────────────────────────┘
```

Dix minutes après, avec cette extraordinaire rapidité des carrossiers russes, M. de Savergny sonnait à la porte de madame Libanoff.

Le dwornik (portier) poussa un volet.

— Y a-t-il quelqu'un de malade, Maxime? demanda le visiteur tardif dont la voix tremblait.

— Non, monsieur Guy, personne.

— Ces dames devaient cependant aller au théâtre.

— Peut-être, maître, fit Maxime, avec ce ton patelin, ces formules évasives, fréquemment employés par les Russes. Madame Libanoff aura jugé que le froid cinglait trop... sûrement, c'est à cause du froid...

— Mademoiselle Youlie va bien?

— Je le crois, monsieur Guy, je le crois.

— Remets-lui ces fleurs dès demain matin,
tu entends? Je viendrai dans l'après-midi.
N'oublie pas ma commission, surtout!

Maxime protesta de sa ponctualité à remplir
ces ordres, souleva son bonnet fourré et re-
ferma la porte.

Pawlo toucha les chevaux; M. de Savergny,
emporté dans les ténèbres, ne remarqua pas
qu'au premier étage un rideau se soulevait, et
qu'une silhouette de jeune fille se penchait pour
l'apercevoir plus longtemps.

Comment Youlie Négline connaissait-elle ce
Français?

D'une façon fortuite et absolument banale;
les deux places de sa voiture offertes, un jour
de pluie, à madame Libanoff et à sa jeune amie,
à la sortie de ce même théâtre qu'il quittait si
hâtivement aujourd'hui, et où la jolie Youlie
venait alors pour la première fois, tel avait
été le début de leurs relations.

La beauté originale de cette enfant, brune
comme une Tzigane, distinguée comme une pa-
tricienne, subjugua immédiatement ce Parisien
déjà biasé. Dans les loisirs laissés par ses fonctions, une aventure ne serait-elle pas la bien-

venue? Il essaya de peindre à Youlie l'admiration qu'il éprouvait pour elle; mais la petite
sauvage se fâcha, et ne lui permit même pas de
baiser le bout de ses doigts.

Désappointé, quoique de plus en plus épris,
Guy s'attacha ardemment à la pupille du moujik.

Caprice ou passion, il ne songeait qu'à elle,
usant de toute sa diplomatie pour se rapprocher
de son idole. Devant les politesses persévérantes
du jeune homme, madame Libanoff, très-liante,
très-naïve, ne vit aucun inconvénient à lui ouvrir sa maison.

On se rencontra d'abord dans les promo-
nades publiques, dans les passages, — ga-
leries couvertes où les dames circulent sous
prétexte d'emplettes, tandis que les flâneurs
s'installent sur des chaises, comme dans nos
Champs-Élysées, au retour des courses; — puis
on se risqua à essayer un cheval exceptionnel,
à visiter le Kremlin et l'exposition. Afin de
mieux piloter leur nouvel ami, madame Libanoff et Julienne poussaient jusqu'au parc, ce
rendez-vous des équipages luxueux, jusqu'à
Strenla, où la fashion cosmopolite trouve, réunies dans un établissement grandiose, les dis-

tractions les plus diverses. Là, parmi les res-
taurants, les cirques, les théâtres, on entend
les mélodies perlées des cantatrices à la mode,
aussi bien que les rugissements des tigres et des
lions; on coudoie des Livoniens et des Chinois,
des Persans coiffés de leurs mitres, des uniformes administratifs, des casques, des turbans,
des fracs noirs, des bonnets de fourrure : c'est
le Babel du plaisir et des costumes.

Rivée pendant trente ans à une tâche quotidienne, l'ancienne institutrice trouvait très-
agréables ces petites excursions faites au bras
d'un joli cavalier comme Guy. Sa vanité était
chatouillée lorsque Pawlo s'arrêtait devant sa
maison, laissant piaffer les chevaux que les
commères du quartier admiraient, la bouche
ouverte.

Dans cette intimité croissante, la passion de
M. de Savergny s'avivait de jour en jour. Pourtant, à mesure qu'il aimait mieux, plus sérieu-
sement, il perdait de son aplomb.

Cette conquête, jugée d'abord facile, l'effrayait. Les yeux veloutés de Julienne levés sur
lui lorsqu'il essayait, timide, de plaider sa
cause, le magnétisaient. Il se trouvait stupide

5

de ne pas oser ; mais dès qu'il pénétrait dans le salon de madame Libanoff, salon mesquin, meublé sans goût, quelque chose d'inconnu le serrait à la gorge.

Près d'une table en noyer, Youlie tirait l'aiguille. A ses pieds, sur une peau d'ours, un chat blanc dormait. Dans un fauteuil de cretonne très-fané, la vieille dame sommeillait aussi, son bonnet orné de fleurs artificielles posé de travers.

Guy s'avançait sans bruit, tendait sa main gantée à la jeune fille; celle-ci se soulevait à demi, et, sans témoigner ni embarras ni plaisir, lui désignait une chaise. Son fin profil se découpait sur la tenture rougeâtre qui, derrière elle, formait portière et pendait en gros plis. Les frisures de ses cheveux noirs ombrageaient son front, brunissaient légèrement ses joues, son cou, sa nuque de tons ombrés. Guy enveloppait d'un regard ardent la belle créature, et la conversation s'engageait lente, banale.

— Qu'y a-t-il de neuf? demandait invariablement Julienne de sa voix chantante.

— Rien, je pense.

M. de Savergny ne savait plus rien des cancans de la ville. Ses préoccupations se concen-

traient sur la Salenka, où les digestions labo-
rieuses de la maîtresse de la maison, les prouesses
du chat constituaient les principaux événements.

— Irez-vous au passage? reprenait-il avec
une anxiété trop visible.

— Peut-être. Je ne sais pas.

— Si j'envoyais ma voiture?

— Ce n'est pas la peine.

— Pourquoi?

Youlie, appliquée à sa broderie, se décidait
à lever les yeux. Les regards des deux jeunes
gens se rencontraient, révélant chez l'un une
ardeur contenue par le respect, chez l'autre une
indifférence à la fois habile et exaspérante.

Au lieu de répondre, elle se renversait parfois en arrière, riant d'un rire très-irritant
qui, tout à coup, secouait Guy, et lui faisait
monter au visage une rougeur brûlante.

D'une honnêteté absolue, l'orpheline n'était,
cependant, ni trop naïve, ni trop ignorante.

Dès les premiers jours, devinant l'affection
naissante de M. de Savergny, elle décidait qu'il
serait son mari.

Elle était pauvre, mais sa beauté ne valait-
elle pas une dot?

Lui était noble, mais cette noblesse de naissance, quel mérite personnel lui procurait-elle?

— Aucun, se répondait hardiment Youlie.
Moi, petite-fille de paysan, fille d'employé
besoigneux, j'ai droit à la même somme de
bonheur, si, toutefois, je n'ai pas failli aux lois
de l'honneur.

En Russie, en effet, en haut comme en bas
de l'échelle sociale, l'esprit démocratique do-
mine. C'est une tendance de race avant même
d'être un acte de volonté.

Tout ce qui passait par sa jolie tête exaltée,
Julienne se gardait bien de le dire. Elle parlait
peu, réfléchissait beaucoup et ne se livrait pas.
Dans son abandon relatif, cette prudence devenait une force, la plus sûre de toutes.

C'est ainsi qu'elle suivit, pas à pas, émue,
anxieuse, les différentes phases de l'amour de
Guy.

Elle aussi, elle l'aimait, elle l'aimait avec la
passion concentrée de ses vingt ans; seulement,
chez elle, la raison tenait les rênes; pressentant
le danger qu'elle courait si le cœur parlait trop
haut, résolue, avec une rare vaillance, elle échafaudait, brin à brin, l'édifice de son bonheur.

CHAPITRE VIII

Madame Libanoff ne se rendait qu'imparfaitement compte de la position de Guy de Savergny.

Non sans tact, cependant, elle l'interrogea sur sa famille, ses relations, son pays.

De bonne grâce, il avouait que son père possédait de la fortune, que lui voyageait un peu par goût, beaucoup pour obéir à ce maître autoritaire qui n'entendait pas lui laisser gaspiller sa jeunesse dans les plaisirs desséchants de la vie parisienne. Il parlait aussi de la France, du château normand où s'élevait sa petite sœur, une mignonne enfant dont la naissance avait coûté la vie à leur mère.

Le jeune homme se gardait avec soin d'appuyer sur la haute situation de sa famille, sur les préventions aristocratiques du comte de Sa-

vergny, sur les travers de ce caractère irascible, violent, incapable de permettre que son
fils unique — la fille ne comptait pas — se
mariât à sa guise.

En somme, rien dans ces détails assez vagues
ne devait alarmer la bonhomie sereine de la
vieille dame. Il ne lui vint pas à l'idée de
douter de la droiture de Guy, de s'inquiéter de
l'issue de cette cour prolongée. M. de Savergny
aimait Youlie? Eh bien! il viendrait, un matin,
lui demander sa main.

Aussitôt, l'imagination de l'excellente créature partait pour le pays des chimères. Elle
songeait à la noce, à la robe de soie que le marié
jugerait sans doute à propos de lui offrir, aux
compliments qu'elle recevrait pour l'établissement avantageux de sa protégée.

Quel émoi dans le quartier!

Chez qui commandera-t-on le dîner? Bien sûr,
il faudra un sterlet, des fruits du Midi, pour
faire honneur à ces messieurs du consulat.

Ah! Seigneur, y en aura-t-il, de ce monde!

Un tas de gens riches, des uniformes étince-
lants, des croix, des rubans... peut-être l'am-
bassadeur...

Et madame Libanoff appelait la jeune fille pour l'entretenir des perfections de Guy, ou la gronder de la froideur qu'elle lui témoignait.

Julienne laissait dire.

Elle achetait par une soumission absolue, pénible souvent pour son orgueil, l'hospitalité reçue, n'en persévérant que mieux dans le rôle tracé par sa sagesse précoce. Ce rôle, chaque jour, lui semblait plus lourd, plus difficile à soutenir. Tantôt elle craignait de se trahir, tantôt un effroi lui venait, l'effroi de lasser la tendresse de Guy, de le voir s'éloigner.

Lui, en effet, s'assombrissait.

Un pli creusait son front, et si chaque jour encore il envoyait des fleurs, ses visites se faisaient rares, irrégulières.

Julienne se roidissait contre sa jalousie, imaginant qu'un autre amour entrait dans sa vie.

Il n'en était rien.

M. de Savergny aimait éperdument Youlie; mais il comprenait, enfin, qu'un obstacle invincible les séparait.

Séduire la jeune fille, il fallait y renoncer.

Une ressource restait : l'épouser.

L'épouser !

Lorsque cette pensée se présenta pour la première fois à son esprit, un frisson d'épouvante le secoua de la tête aux pieds.

Nature orgueilleuse et faible, Guy pliait, avec une facilité enfantine, sous la domination tyrannique de son père.

Horace de Savergny, dont l'aïeul avait été célèbre, considérait son nom comme une propriété sacrée; c'était chez lui une exagération, une manie, au point qu'il avait exigé de son fils, encore adolescent, le serment que jamais, dût-il sacrifier ses goûts, ses espérances, son bonheur, il ne compromettrait ce patrimoine commun.

Jugeant que Paris offrait à son héritier des tentations, des dangers qu'amoindrirait l'exil, il avait profité d'un scandale retentissant pour l'expédier en Russie.

Depuis longtemps, Guy formait le projet de secouer le joug; ses appétits de jouissance s'accommodaient mal de l'austérité paternelle. En lui-même, il proférait mille menaces, semblable aux poltrons qui crient pour s'exciter; mais si, par hasard, le comte l'abordait avec sa rudesse habituelle, toute velléité de résistance s'évanouissait, et, la rage au cœur, Guy tremblait comme un valet.

Terrible homme que cet Horace de Savergny! Ses cheveux roux rejetés en arrière, son visage tanné, mordu par les soleils de tous les climats, par les bises salées de toutes les mers, le faisaient ressembler, avec ses lèvres minces, aux commissures tirées vers le bas, son air brutal et sa carrure solide, à un de ces fameux barons romains guerroyant jadis si férocement entre eux, mieux encore, à un de ces forbans du Rhin, que la féodalité sacrait roi.

Marin, soldat, voyageur intrépide à la recherche d'une terre qu'il comptait découvrir quelque part, dans les glaces arctiques ou dans les immensités désertes du pôle sud, il conservait encore aujourd'hui, malgré ses soixante-sept ans, une activité, une vigueur peu communes. Dédaigneux des plaisirs, des ambitions vulgaires, refusant, par une vieille rancune de caste, d'offrir son épée à la France, il dépensait dans des excursions excentriques ses forces exubérantes. Brave, entêté, d'un égoïsme sans égal, il haïssait ceux qui ne partageaient pas ses croyances politiques et religieuses, professant

5.

ouvertement un mépris dégoûté pour les
hommes et les choses de son temps. Il n'éprouvait pas pour Guy cette tendresse profonde qui
tient l'homme par toutes les fibres de sa chair.
S'il s'intéressait à lui plus vivement qu'au reste
de l'humanité, c'est uniquement parce que ce
garçon efféminé était son bien, l'esclave de ses
volontés, le continuateur de son nom. Au fond,
il nourrissait pour ce caractère sans consis-
tance, que ses ardeurs n'avaient pu galvaniser,
une rancune inavouée.

Par insouciance, par esprit de contradic-
tion, Guy n'admettait aucun des griefs, aucune
des préventions de son père. Le souffle de l'égalité avait, chez lui, fait table rase des traditions de famille, des préjugés de naissance et
d'éducation. S'il riait du passé, le présent ne
lui semblait pas moins ridicule ; son âme, atrophiée par le plaisir, manquait de ressort pour
comprendre l'idéal nouveau de liberté et de
progrès.

Cette divergence de nature et d'opinion en-
gendrait entre le père et le fils un antagonisme
sourd, dans lequel Horace, fatalement, devait
rester le maître.

C'est à un tel homme que lui, Guy, devrait raconter la fraîche idylle de la Salenka? C'est devant ce despote qu'il s'humilierait pour obtenir la permission d'épouser Julienne?

A quoi bon?

Il refuserait sans pitié.

Déjà, il s'imaginait entendre une voix mordante et trop connue lui jeter avec un ricanement :

— Vous m'ennuyez avec vos balivernes. Faites de cette Youlie tout ce que vous voudrez, mais votre femme, jamais!

Seul, dans sa petite maison confortable et chaude, le futur diplomate se perdait dans d'amères réflexions.

Eh! sans doute il tentait de secouer cette obsession que Julienne, même absente, exerçait sur lui, mais il n'y réussissait pas. L'homme est ainsi fait qu'il se détache de la chose possédée et aspire, incessamment, vers celle qui lui échappe.

Parbleu! Youlie n'était pas l'unique jolie fille de Moscou! Quand la chance nous a gratifié d'un nom comme celui de Savergny, que l'on a de l'or dans sa poche, on entre par toutes les

portes! Oui, il trouverait mieux dès qu'il le
souhaiterait. Il rencontrait mieux, en effet;
seulement ce n'était plus la même chose, l'autre
l'avait mordu en plein cœur. Il ne voyait qu'elle,
qu'elle seule au monde. Et en dépit de la sagesse de ses propres raisonnements, las de bou-
der, il retournait la voir.

Madame Libanoff le recevait avec empressement; lui, sans marchander les sacrifices, s'appliquait à satisfaire les moindres caprices de ses
amies, heureux, le cœur battant, si seulement
Julienne daignait sourire.

D'ailleurs, plus la jeune fille se montrait réservée, difficile, plus il s'acharnait, froissé dans
sa vanité, décidé à se prouver à lui-même qu'on
ne lui résistait pas.

Peu à peu, il s'habitua à cette pensée d'é-
pouser mademoiselle Négline.

Pourquoi pas, après tout?

Ne possédait-elle pas une de ces beautés capables d'excuser le plus impardonnable des entraînements?

Renseignements pris, la famille, infime, était
irréprochable. Anicia Fédorowna avait laissé
de bons souvenirs; le frère, Alexandre Dimi-

triowitch, passait pour un soldat exemplaire.

De ce côté donc, nulle entrave.

Restait à affronter la colère du comte Horace.

Guy le savait très-capable de le tuer dans le premier accès de fureur : aussi, depuis deux mois, s'ingéniait-il à tourner cette double difficulté.

Comment satisfaire sa passion ?

Comment échapper aux étrivières de ce redoutable père ?

CHAPITRE IX

On touchait à la Noël.

C'est la saison aimée par les Russes de toutes les classes, l'époque la plus gaie, la plus animée.

Une sonnerie de fête bourdonne au-dessus des toits; le plaisir, que le froid sibérien est incapable d'endormir, secoue ses grelots sur la ville poudrée à blanc comme une vieille marquise.

Dans le salon de madame Libanoff on dressait, pour le thé, une table chargée des meilleurs produits de chez Philipoff, le boulanger renommé.

La maîtresse du logis, bouffie, énorme dans sa robe de mérinos violet, — les femmes russes ne s'astreignent pas volontiers à la gêne du corset, — se promenait fièrement dans l'appartement, un foulard de surah blanc sur la tête.

Julienne, très-pâle sous ses boucles brunes, ramenées sur le front bas et doré, restait immobile sur sa chaise, les yeux d'une fixité ardente.

Elle portait, pour la première fois, avec une roideur chaste et non sans gêne, une robe d'un blanc laiteux, coupée chez Minangoy, sur les dernières modes parisiennes. Au cou, fermant le corsage uni qui moulait les épaules et le buste, une mignonne flèche d'or, constellée de diamants, étincelait sous un rayon de soleil, rayon d'hiver, oblique, indécis, qui rasait les tilleuls du jardin, frappait les doubles croisées avec leurs décorations de fleurs artificielles, et venait, comme s'il était convié à ces modestes fiançailles, s'étaler sur la nappe, aux lourdes broderies rouges.

— Il n'arrive pas, dit tout à coup madame Libanoff, trahissant la préoccupation commune.

— Il arrivera. répondit la jeune fille de sa voix profonde.

— Tu l'as joliment ensorcelé, Minette, une

rude chance, hein?... Écoute, le samovar ne
bout plus!

— Remuez le charbon, fit distraitement
Youlie.

— Les beaux cadeaux! continua la bavarde.
Cette broche, comment la trouves-tu? Du vrai,
tout ça! On croirait des gouttes d'eau, toutes
ces petites pierres. Est-ce assez gentil?

Julienne sourit et se tourna vers l'horloge;
les aiguilles marquaient trois heures moins cinq
minutes.

Un silence régna, interrompu par le ronflement
du samovar dont l'eau se mettait en ébullition.

— Je l'entends, murmura Youlie.

Des chevaux, en effet, s'arrêtaient dans la
rue. Une rumeur, un pas leste dans l'escalier, et
la porte s'ouvrit.

C'était Guy de Savergny.

Guy animé, radieux, ayant secoué ses scrupules et bien décidé à se brouiller avec son
père plutôt que de renoncer à la femme de
son choix. Il demeura une minute sur le seuil,
saisi par l'originale beauté de cette fille du
peuple qui portait, avec la sérénité que donne
l'habitude, bijoux et jupes brodées.

— Mon amie, ma bien-aimée! s'écria-t-il.

Et courant à elle :

— Regardez-moi, que je sache enfin ce que pense cette jolie tête. Vrai, vrai, vous m'aimez un peu ?

Elle plongea ses yeux dans les siens avec une telle expression d'amour qu'il eut un éblouissement.

Madame Libanoff les rappela à la réalité, en procédant, selon la coutume slave, à la courte formalité des fiançailles et à l'échange des anneaux.

— Monsieur, dit-elle simplement, mais avec beaucoup d'émotion, vous êtes venu me demander pour épouse cette orpheline. Devant Dieu je suis sa mère, je vous l'accorde avec son consentement... Bientôt, le pope vous mariera. Moi, mes enfants, je vous bénis.

Les jeunes gens s'agenouillèrent les doigts enlacés, tandis que, bouleversée par sa propre éloquence, la vieille dame, en larmes, traçait sur leurs têtes inclinées le signe de la croix.

La fin de cette après-midi fut charmante. Avec l'emportement de ses vingt ans, Guy ne songeait qu'à sa fiancée. Celle-ci, certaine maintenant de la victoire, se révélait ce qu'elle était, enjouée, spirituelle, aimante.

On causa gaiement, on fit des projets.

Guy arrangeait sa vie, une bonne vie d'intimité et de tendresse, traversée de fêtes et de voyages. On irait en France, en Normandie, où Horace de Savergny possédait d'importantes propriétés.

Ce nom de Horace de Savergny, prononcé par hasard, causait chaque fois à Julienne une impression de malaise.

Maintes fois, elle avait tourmenté Guy pour qu'il obtînt le consentement de son père.

Bien qu'elle n'eût pas, en raison de son milieu, de son éducation, de son pays, les susceptibilités qui auraient tenaillé une Parisienne, il lui répugnait d'entrer dans une famille sans y être appelée ni désirée. Le jeune homme, quand il n'éludait pas ses questions, essayait de dissiper des craintes qu'il traitait de chimériques.

De quoi se préoccupait-elle? N'était-il pas libre de se marier à sa guise? Dans son pays, les choses ne se passent pas autrement. Surtout, il fallait éviter le bruit, ne pas quêter, à droite et à gauche, des conseils inutiles.

Baissant alors la voix, il ajoutait avec fatuité :

— Ma position à Moscou est très-délicate, une indiscrétion la compromettrait...

Les deux femmes se taisaient, convaincues; ce petit attaché d'un consulat leur inspirait tant de respect! Ne définissant pas bien l'importance de ses fonctions, elles le prenaient pour un ministre plénipotentiaire.

— Il est du gouvernement, disait madame Libanoff avec emphase.

Et ce mot de « gouvernement », mystérieux et grand, posait une auréole incomparable sur la tête hautaine du charmant Guy.

Le jour des fiançailles, revenant à son idée fixe, Julienne demanda tout à coup :

— Votre père a-t-il écrit ?|

— Oui, ma chérie, un mot seulement, avant le départ.

— Viendra-t-il en Russie? s'écria-t-elle déjà joyeuse.

— Il entreprend au contraire un nouveau voyage, et s'occupe, paraît-il, à fréter un steamer pour visiter les Açores.

— A-t-il reçu notre lettre, au moins?

— Laquelle?

— Celle que nous avons écrite ensemble, au
sujet de notre union.

— C'est probable, ma belle Youlie ; mais
pourquoi m'interrogez-vous comme un juge
d'instruction? De quoi vous méfiez-vous, petite folle? Ma fiancée d'aujourd'hui ne sera-
t-elle pas ma femme demain?

— Oh! je crois en vous, avoua-t-elle avec
élan.

Julienne ne doutait pas de cet homme qui,
après l'avoir remarquée dans la foule, l'élevait
jusqu'à lui. Ce qu'elle ignorait, c'est que M. de
Savergny, de crainte de recevoir une défense
formelle ou un brusque rappel en France,
s'était bien gardé d'entretenir son père de ses
intentions matrimoniales. Cette lettre dont elle
parlait, lettre naïve destinée à ébranler le comte
Horace, Guy, l'emportant pour la mettre à la
poste, l'avait, en rentrant chez lui, brûlée sans
remords. A la fin, il croyait avoir le moyen de
sortir de son impasse. Ce moyen consistait à se
marier le plus secrètement possible, quitte,
plus tard, à faire accepter les faits accomplis.

La droiture inflexible est toujours rare. Guy

manquait de sens moral, et, ne se piquant pas
de perfection, il restait enchanté du « truc »
imaginé pour parer aux emportements de papa,
et lui prouver que les jeunes sont plus inventifs
que les vieux.

Dans le salon, autour des assiettes vides et
du samovar éteint, les fiancés continuaient à
causer à mi-voix.

Madame Libanoff, très-fatiguée, venait de se
retirer dans la pièce voisine. Par la portière
relevée, Julienne l'apercevait dormant dans son
fauteuil.

La nuit venait.

Guy, assis près de Julienne, ne se décidait
pas au départ.

— Dites-moi, encore une fois, que vous
m'aimez, ma Youlic.

— Oui, seigneur, je vous aime, murmurait-
elle, reprenant instinctivement, sous l'étreinte
de cette main d'homme nerveuse et chaude,
l'humilité obéissante de sa race.

— A demain alors, fit-il, en attirant sous ses
lèvres le front de sa fiancée ; demain, nous
dirons : A toujours ! Ah ! ajouta-t-il avec un embarras mal déguisé sous une gaieté de com-

mande, j'oubliais des recommandations importantes pour madame Libanoff.

— Elle dort, remarqua Julienne.

— Réveillez-la.

— Est-ce bien utile? Ne puis-je savoir?

Il se recueillit pour se donner le loisir de préparer sa phrase, et brusquement, en homme
décidé :

— Voici : vous vous trouverez demain soir,
à sept heures, à la gare de Saint-Pétersbourg.

Julienne recula d'un pas.

— A la gare! à la gare! Pourquoi?

— Pour prendre le train.

— Le train! Je ne comprends pas, balbutia-
t-elle, le cœur serré par une appréhension subite.

Il l'attira tout contre lui, et avec une douceur convaincante :

— Vous allez comprendre, ma chérie, et
aussi bien, puisque votre amie ne peut m'entendre, je préfère, une fois pour toutes, vous
expliquer les exigences créées par ma position
exceptionnelle, les précautions excessives dont
je dois m'entourer.

— Vous rougissez de moi? demanda-t-elle
d'un ton amer.

— Eh! non, grande enfant! Seulement je connais le monde et me méfie de ses propos. Le monde est envieux, méchant; il ne connaît pas vos grâces adorables, ma Youlie, il ne voit que le côté pratique des choses : deux fortunes inégales. — Pourquoi nous exposer aux moqueries des uns, aux critiques des autres? Aimons-nous dans l'ombre, dans le silence. Comme des sages, ne faisons pas parade de notre bonheur.

— Mais ce départ dont vous parliez, dans quel but?

— Pour ne pas nous marier à Moscou, j'y suis trop connu.

— Jamais, exclama-t-elle en le repoussant.

— Réfléchissez, je vous en prie, vous verrez que j'ai raison.

— Comment, vous voulez que je consente à une union furtive? Qu'ai-je fait pour me cacher ainsi? Ma pauvreté n'est pas une honte! Et puisque vous m'aimez pauvre, puisque vous me prenez sans dot, qu'importent le monde et ses jugements! Non, non, Guy, ne vous abaissez pas à ces précautions humiliantes, elles sont indignes de vous, indignes de moi... Nous

sommes libres, levons la tête, et, à la clarté du
jour, en présence de nos amis, déclarez que je
serai votre femme !

Superbe de fierté, Julienne plaidait chaleu-
reusement sa cause; Guy de Savergny, l'air
mécontent, la contemplait sans parler.

Qu'elle était belle et désirable ainsi !

Sa gorge se soulevait, ses yeux dardaient des
flammes. Eh quoi ! à l'instant d'atteindre le but,
il perdrait cette ravissante créature ? Il céderait
à un caprice puéril, à une susceptibilité sentimentale ! Quelle niaiserie !

Il tenta encore un effort, et se rapprocha, les
mains jointes, humble, suppliant.

— Youlie, au nom de notre tendresse, écoutez la raison, cédez, cédez, je vous en conjure !
Ne pouvez-vous me faire ce léger sacrifice?...
un sacrifice de vanité, en somme...

Elle remuait la tête.

— Non ! non !

Alors il lui saisit le bras, et, le visage con-
gestionné, avec une rudesse d'accent qu'elle ne
lui connaissait pas :

— Ne me poussez pas hors de moi, dit-il,
vous pourriez vous en repentir. Je vous épou-

serai après-demain, non à Moscou, je ne le veux
pas, mais à Klinne, la première grande station
sur la ligne de Pétersbourg. J'avertirai le pope,
je vous attendrai jusqu'à midi... Si vous venez,
vous serez ma femme ; sinon, je ne vous rever-
rai de ma vie. Choisissez !...

Julienne demeurait atterrée.

Son orgueil et son amour se livraient un
rude combat.

Le ton de son fiancé, sa menace, la blessèrent
au vif.

Eh bien ! non, elle n'obéirait pas !

Déjà elle ouvrait la bouche pour formuler ce
refus. La pensée de l'abandon de M. de Savergny, du néant où elle retomberait, l'arrêta.

Témoin muet de cette angoisse, Guy eut un
désir fou, le désir de consoler cette belle désolée, de la calmer, de la rassurer ; mais il se
contint.

De la fermeté de son attitude dépendait son
triomphe ou sa défaite.

Brusquement, il prit sa toque de loutre, en-
dossa sa pelisse et se dirigea vers la porte.

— Dimanche, à Klinne, dit-il, sur le seuil.

Julienne ne bougea pas.

6

Le vent de l'escalier agitait les plis de sa robe
blanche. Dans l'ombre, des larmes brûlantes,
rapides, roulaient sur ses joues et tombaient
sur les diamants de la jolie flèche d'or que le
soleil, tantôt, éclairait si joyeusement.

CHAPITRE X

La malheureuse enfant passa une nuit atroce. Lorsqu'elle fit part à madame Libanoff de la volonté expresse de M. de Savergny, celle-ci protesta à son tour, trouvant cette exigence ridicule. Elle aussi perdait une illusion.

Depuis deux semaines, ce mariage n'était-il pas son thème favori? Quel scandale dans le quartier, mon Dieu!

Vexée, la vieille institutrice essaya de prouver à sa pupille qu'il valait mieux rompre.

Bah! avec une tournure comme la sienne, on ne manquerait pas de maris.

Après une discussion interminable, la jeune fille se prononça nettement. Elle irait seule à Klinne si sa protectrice refusait de l'accompagner.

Ahurie, n'osant, de crainte de compromettre

le mariage, demander un conseil, madame Libanoff se décida à plier passivement.

Après tout, cette manière de procéder ne
présentait rien de bien extraordinaire. Fréquemment, en Russie, des jeunes gens, ne
réussissant pas à obtenir l'autorisation de leurs
parents, s'adressent, moyennant finance, au
pope d'une localité voisine qui ignore, ou feint
d'ignorer, la défense de la famille; on débat le
prix, on inscrit son nom sur le livre crasseux
qui traîne, couvert de poussière, sur une table
boiteuse, et l'on rentre bien et dûment mariés.

Personne ne s'étonne, personne ne rit.

Le mariage civil n'existant pas dans l'empire
des czars, le mariage religieux est la sanction
suprême [1].

---

[1] Le Svod ou Digeste (code russe), qui ne contient pas
moins de soixante mille articles, dit d'une façon péremp-
toire, à la section III : « Le mariage se prouve par l'acte
inscrit sur les registres de la paroisse, par le billet de confession, par les témoins. » C'est exact en principe. Seulement, les registres paroissiaux, tenus par des popes, souvent inintelligents et paresseux, fourmillent d'erreurs et de
lacunes. Le billet de confession est à la portée de toutes
les bourses. Les témoins, lorsqu'une circonstance délicate
l'exige, sont recrutés parmi des inconnus, des passants, à
qui l'on glisse dans la main, la formalité remplie, le prix de
leur complaisance.

Avec sa tolérance facile, madame Libanoff finissait par conclure que Guy agissait avec sagesse.

Le mariage à Moscou ferait grand tapage. La presse en parlerait, le mot de mésalliance serait prononcé. A Klinne, rien de semblable; le pope ne réclamerait aucun acte, la publication des bans n'aurait lieu qu'une seule fois, pour la régularité de la chose, et la fille d'Anicia n'en serait pas moins, le surlendemain, l'épouse de Guy de Savergny, la belle-fille du comte Horace!

Le soir, après un repas frugal, les deux femmes, couvertes de leurs pelisses, appelèrent une voiture et jetèrent au cocher l'adresse de la gare.

Au guichet, dans les salles d'attente, Julienne cherchait vainement son fiancé.

La cloche sonna le départ.

Poussée par son amie, elle monta en wagon sans trop avoir la conscience de ses actes.

Bientôt le train s'ébranla par soubresauts successifs. Un sifflement aigu déchire l'air; la vapeur pressée, haletante, sort en colonnes, s'éparpille; on dirait des morceaux de nuages

tombant sur le convoi. Annexes de la gare,
tenders bondés de charbon, têtes tristes des
bœufs se dressant çà et là par le haut de leurs
étables roulantes, machines qui chauffent et
trouent l'obscurité de leur grand œil rouge,
tout cela disparaît à peine entrevu. Dans une
ombre claire comme la réverbération d'un in-
cendie à demi éteint, on devine Moscou, les
silhouettes des édifices, l'ossature des dômes;
de cette masse confuse, une lueur monte et co-
lore le ciel.

Le train se hâte de plus en plus; il vole éperdument dans la campagne où tout est blanc,
d'un blanc terne et mort. Des squelettes d'arbres se succèdent sans interruption; on croirait
que c'est toujours le même qui revient. Des
prés, des étangs, des cultures s'étendent des
deux côtés de la voie. Des toits avec leurs che-
vrons croisés, des isbas très-basses, des vil-
lages, des églises, des villes dont on ne connaît
pas le nom, se répètent à l'infini, paysages silencieux et gelés, émergeant des brumes de
l'horizon et imprégnés de cette lumière laiteuse
propre aux régions polaires.

Enfin voilà Klinne!

La station est superbe, la construction monumentale ; au delà du cercle de clarté projeté par la gare, on ne distingue rien : la petite ville s'abrite dans un pli de terrain.

— Très-aimable, votre fiancé, déclara aigrement madame Libanoff grelottant sur le quai.

— Il n'a pu venir sans doute, répond Julienne avec douceur.

— Ou il ne l'a pas voulu.

Se loger à Klinne n'est pas difficile. Les voyageuses trouvèrent dans l'hôtel dépendant de la gare un appartement confortable, où l'institutrice put continuer à son aise son somme interrompu.

Le lendemain, dès l'aube, Julienne fut sur pied.

Sa toilette sombre, ses fourrures lui seyaient à ravir ; mais ses angoisses augmentaient de minute en minute.

Si Guy, froissé, n'allait pas venir ?

Son front brûlait ; elle l'appuya à la vitre étamée par la gelée.

Elle l'aimait pourtant, ce Guy, elle l'aimait au point de mourir de son abandon. Elle ne pesait plus les avantages de cette union, ne

songeait ni à la fortune, ni au comte Horace.
Rien, plus rien. Le revoir, le revoir!

Pourquoi aussi ne lui avait-elle pas répondu
simplement :

— Soit, ami, j'irai à Klinne.

Orgueil bête, orgueil raisonneur, capable de
la perdre pour toujours! Être sa femme, porter
son nom, s'appuyer à son bras, n'était-ce pas
un immense bonheur?

Et la pauvre enfant vaincue, fiévreuse, répétait avec égarement pour la centième fois :

— Le revoir, mon Dieu, le revoir!

...Derrière elle, la porte céda.

Madame Libanoff l'appelait.

— Venez, Youlie.

Un tremblement convulsif la saisit en descendant l'escalier; elle s'accrochait à la rampe,
les marches vacillaient sous elle.

Le froid du dehors, la grande clarté lui cau-
sèrent un éblouissement; elle ferma les yeux
une seconde. Quand elle les ouvrit, elle aperçut
M. de Savergny qui s'inclinait.

Un cri de joie faillit jaillir de ses lèvres;
elle le réprima, et se contenta de rendre le
salut.

Lui, frappé du visage altéré de la jeune fille, s'informait tendrement de sa santé.

Julienne se fit très-calme, très-forte pour lui répondre. En réalité, elle chancelait. Cette joie trop brusque l'étouffait. La marche lui rendit sa présence d'esprit. Sous leurs pas, la neige criait. Le soleil emplissait les rues, désertes à cette heure matinale, d'une buée transparente; la croix grecque, là-haut, sur la coupole verte de l'église, semblait avoir accroché un rayon.

Guy, les prunelles allumées, serrant contre sa poitrine le bras de sa fiancée, lui chuchotait mille choses que dans son trouble celle-ci comprenait à peine.

Derrière eux, soufflant un peu, madame Libanoff se hâtait. Sous le porche de l'église, on s'arrêta, et résolûment Guy poussa la porte.

La nef était vide, les murs badigeonnés d'une teinte grise, sans ornementation architecturale à la voûte ni aux piliers. Au fond, des lampes nombreuses brûlaient devant les images. Un flot de clarté, venant par le portail ouvert, faisait papilloter les couleurs fauves de l'iconostase supportant une légion de personnages dont les figures roides et bizarres, peintes sur bois,

rappelaient les héros et les saints du Gior-
gione.

Un pope, agenouillé devant la porte du centre,
Tsarski dver (porte du Tsar), se releva au bruit.

Julienne remarqua son visage émacié, sa longue robe à manches pagodes, limée aux cou-
tures. D'abord, il écouta M. de Savergny d'un
air indifférent; puis, comprenant de quoi il s'a-
gissait, une lueur de convoitise traversa son
regard, un sourire souffrant erra sur ses lèvres
blanches.

Quelques minutes après, la cérémonie commençait.

Cette cérémonie du mariage slave, trop connue pour être décrite, ne dura pas longtemps.
On posa sur la tête des fiancés deux couronnes
de zinc dédoré; avec ces emblèmes, assuré-
ment gênants, qui leur descendaient jusqu'aux
yeux, ils firent trois fois le tour d'un pupitre.
Le diacre entonna une hymne en langue sla-
vonne; le pope, à son tour, enfermé dans le
sanctuaire, psalmodia d'une voix nasillarde, et
ce fut tout.

Dans la sacristie, le prêtre griffonna l'acte,
le parafa le premier, passa la plume aux

jeunes gens, ensuite à madame Libanoff, et
enfin à deux moujiks appelés au dernier moment, et qui, sur le papier jauni du vieux livre,
posèrent, en caractères illisibles, deux signatures invraisemblables.

Guy et Julienne étaient mariés.

Une heure après, le train de Moscou empor-
tait madame Libanoff, et M. de Savergny, s'em-
parant de la main tremblante de Youlie, lui
disait avec une inexprimable tendresse :

« Ma chère petite femme, nous voici ensemble pour toujours! »

.   .   .   .

.   .   .   .

.   .   .   .

CHAPITRE XI

Deux années passèrent, deux années de félicité.

M. de Savergny loua à Moscou une maison sur le boulevard de la Twerskoï, quartier moderne de la vieille cité des czars, et un tapissier français se chargea de meubler l'appartement de Julienne : une suite de pièces luxueuses où l'on accumula des meubles de tous les styles, des bibelots de tous les genres, avec quelques bons tableaux choisis dans la nouvelle école russe : paysages poétiques de M. Klever, études magistrales d'un novateur hardi, M. Riépine.

Joakim, le carrossier de Pétersbourg, envoya les traîneaux et les voitures d'été.

La belle Youlie se métamorphosa pour plaire à son mari. Nul, dans cette élégante personne sachant porter avec une suprême distinction les dentelles de prix et les fourrures rares, n'eût reconnu la petite Youlie Négline, la pupille du moujik.

Dès que ses occupations du dehors lui rendaient sa liberté, Guy, galant, empressé, accourait à la Twerskoï. Personne, dans le milieu où il vivait, n'avait su son mariage. On parlait d'une liaison sérieuse ; lui, laissait dire, se contentant de sourire quand on le jalousait sur son bonheur.

D'ailleurs, dans ce pays aux mœurs faciles, on ne songeait ni à s'étonner, ni à critiquer.

L'existence de M. de Savergny était digne, peu bruyante. L'allure hautaine de Julienne, qui cachait une timidité réelle jointe à l'appréhension de ce monde qu'elle n'avait jamais fréquenté, tenait les gens à distance et diminuait les dangers des bavardages intempestifs.

Avec le temps, Guy, trop gâté, trop choyé par sa compagne, glissa imperceptiblement de l'amour à l'amitié. On prévenait si bien ses goûts, ses caprices, qu'il finit par accepter soins et cajoleries sans éprouver la moindre reconnaissance pour celle qui les lui prodiguait.

Ses instincts égoïstes se développèrent : il

devint irascible, exigeant, prêt à abuser, avec
un despotisme souvent cruel, de l'inépuisable
bonté de sa femme.

Elle, absorbée, perdue dans sa tendresse
grandissante, ne voyait rien au delà de lui.
Pour Guy, elle émoussait les angles de son caractère, sacrifiait ses croyances, ses préjugés,
heureuse s'il souriait, triste s'il boudait, anxieuse,
affolée, s'il rentrait du club plus tard que de coutume.

N'ayant pas d'enfant, elle n'en désirait pas;
ce petit être l'eût détournée de son mari.

Madame Libanoff, prise par la goutte, clouée
des mois dans son fauteuil, ne voyait Julienne
qu'assez rarement. Des amis bien intentionnés
lui racontèrent, un jour, le bruit injurieux qui
planait sur sa jeune amie. Personne n'avait vu
célébrer le mariage; par conséquent, on niait
qu'il y eût mariage...

L'institutrice, indignée, expliqua dans ses
moindres circonstances le voyage à Klinne, et
les raisons fournies par le futur pour éviter une
union publique.

Autour d'elle, on la crut sans peine; mais ces
protestations ne montèrent jamais jusqu'aux

hautes régions où brillait M. de Savergny, et la
société moscovite continua à le croire célibataire.

Par malheur, madame Libanoff n'osa aborder
avec Youlie ce sujet délicat. Bien des souffrances, peut-être, auraient été évitées à la jeune
femme, si, soupçonnant la calomnie, elle eût pu
la combattre.

Confinée chez elle, en adoration devant son
idole, elle ne recevait personne, ne sortait qu'en
voiture selon l'usage des grandes dames, et ne
supposait pas que les oisifs rencontrés dans les
rues, toujours prêts à la saluer si bas, pus-
sent gloser entre eux de la bonne fortune de
Guy.

En deux ans, le comte Horace écrivit quatre
fois à son fils.

Ces lettres, datées du pont de son navire, de
San-Francisco, du Paraguay, du cap Horn, di-
saient toujours la même chose dans leur séche-
resse laconique :

« Ne compromettez pas votre nom. — Rem-
plissez exactement les obligations de votre
charge. — Votre sœur grandit, paraît-il. — Je
trouve les sauvages beaucoup plus intelligents

que vos Européens imbus d'idées stupides et
rongés par la routine... »

— Pourquoi n'a-t-il pas répondu à notre
lettre? demandait Youlie en se penchant sur
l'épaule de son mari pour lire avec lui.

— Le sais-je? mon père est si original! N'y
songe plus!

En dépit d'elle-même, elle y songeait souvent, car ce silence la blessait.

— Pourvu qu'il l'ait reçue, cette lettre!
ajoutait-elle avec un soupir.

— Bon! Encore tes chimères, s'écriait Guy
impatienté.

— J'aurais tant voulu posséder son consentement, là, en deux lignes, en une phrase seulement...

— Puisqu'il ne dit rien, c'est qu'il accepte.

— Crois-tu?

Charmée par cette supposition, elle levait
timidement sur son mari ses grands yeux bruns,
en quête d'une caresse.

Lui, n'étant pas sans remords, haïssait ce
sujet; aussi, pour rompre la conversation,
s'échappait-il à la hâte, prétextant une affaire.

Julienne, avec cette intuition des natures

impressionnables, sentait venir l'orage et s'attachait désespérément à son bonheur, ce pauvre bonheur fragile que ses efforts, sa persévérance, sa jalousie étaient impuissants à conserver.

L'orage vint du côté de la France.

Un jour, Guy reçut au consulat une lettre du secrétaire de son père ; cette lettre était un ordre de départ.

M. le comte, lui disait-on, a rapporté de son long voyage le germe d'une maladie mortelle. Au plus mal depuis deux jours, il suppliait son fils d'accourir près de lui sans retard.

C'était la prière d'un mourant, l'ordre d'un père.

Guy rentra très-nerveux à la Twerskoï.

Refuserait-il de partir ?

Emmènerait-il Julienne ?

Se révolter ouvertement ne convenait pas à son caractère timoré.

Présenter sa femme au comte, sans avertissement préalable, pouvait causer au malade une secousse mortelle.

Julienne, souffrante depuis quelques semaines d'une indisposition dont elle ne devinait pas encore la cause, l'attendait dans une toilette délicieuse qu'elle mettait pour la première fois.

C'était le second anniversaire de leur mariage, et elle comptait fêter son cher Guy ; une surprise avait été préparée : un dîner fin, fait en tête-à-tête dans le boudoir mignon, coquet, bien éclairé, aux murs garnis de miniatures et d'aquarelles, aux étagères encombrées d'émaux et de fleurs.

A l'aspect du visage bouleversé de son mari, elle s'élança vers lui.

— Mon père se meurt, lui dit-il.

Elle resta un instant étourdie par cette nouvelle, puis avec élan :

— Allons le soigner, mon ami !

Il fut touché, et l'embrassa sur les cheveux.

Alors, ne doutant pas du plaisir que lui causerait son empressement, elle ajouta avec volubilité :

— Oui, oui, partons tout de suite. Un père ! Cela doit être si bon ! Tu verras comme il m'aimera plus tard, lorsque j'aurai su gagner sa confiance.

Il l'interrompit d'un geste triste.

— Tu te trompes, ma pauvre enfant, mon père n'est pas ce que tu t'imagines ; c'est un homme sec, d'un caractère terrible...

Gentiment, elle défendit le comte Horace.

— Que tu mérites d'être aimée ! balbutia-t-il, gagné par l'émotion.

— Mais tu m'aimes, toi, s'écria-t-elle avec vivacité, frappée de son ton apitoyé.

Il l'attira à lui avec la tendresse des premiers jours, et tout bas, à l'oreille :

— Oui, oui, je t'aime, je t'aime !

Julienne, surprise, épiait son mari, dont le malaise augmentait.

Qu'y avait-il donc ? Qu'annonçait cette lettre ? Elle la demanda, la lut avec attention, et levant sur Guy assis près d'elle son regard confiant :

— Pas une allusion à notre mariage, pas un mot de moi !

Involontairement, M. de Savergny baissa la tête.

— N'importe, poursuivit la jeune femme, notre devoir est tout indiqué ; fixe l'heure du départ, je serai prête.

— Impossible ! exclama-t-il effrayé.

— Qu'est-ce qui est impossible ?

— Que tu partes avec moi.

Elle réprima un mouvement d'indignation,
et avec sa placidité ordinaire :

— Tu plaisantes, n'est-ce pas ? J'ai mal compris ? Tu ne m'emmènerais pas ?

Elle scanda avec intention ces derniers mots.

Lui, balbutia un non inintelligible.

Il cherchait une explication, des arguments,
et ne trouvait rien.

Alors il se lança dans des promesses vagues,
appuyant sur sa courte absence, forgeant des
obstacles qu'un mot aurait pu renverser.

La surprise augmentait chez Julienne. Pourquoi lui cachait-il quelque chose ?

— Écoute, dit-elle gravement, et pardonne-
moi si, pour la première fois, je ne me plie pas
à tes volontés; quoi que tu fasses, je suis dé-
cidée à te suivre en France. Je n'ai ni famille,
ni amis; tu es tout pour moi; la moitié de ton
fardeau m'appartient.

La perplexité de M. de Savergny devenait
extrême.

Pour vaincre l'entêtement de Youlie, un
moyen restait; ce moyen, c'était un aveu.

Elle, prenant son silence pour un demi-consentement, redoublait d'instances et de prières, préférant, après tout, le gagner à sa cause par la persuasion.

Agenouillée devant lui, ses mains douces et parfumées posées sur ses épaules, elle murmurait des mots charmants, d'ineffables promesses dont ·la griserie déjà montait à la tête de Guy.

Il se vit perdu. Pour rompre le charme, il repoussa la jeune femme.

— Tu me tortures inutilement; encore une fois, ce voyage est impossible ! Tu sais, cette lettre écrite avant nos fiançailles? Eh bien! elle n'est jamais parvenue à mon père... je l'ai brûlée.

Une exclamation de douleur échappa à Youlie; elle recula comme frappée au cœur.

M. de Savergny profita de son accablement pour achever très-vite.

— Devant cette première faute, ma chérie, faute uniquement commise par affection pour toi, tu admettras que ton arrivée à Paris serait une imprudence insigne. Je partirai seul, ma mignonne, je révélerai tout au comte, et je le

préparerai à le recevoir plus tard. Un dilemme
se pose : ou mon père guérira et cédera devant
le fait accompli; alors je viendrai te chercher;
ou il mourra, et je serai maître de ma destinée. Comprends-tu?

Elle ne comprenait qu'une seule chose : c'est
qu'il allait s'éloigner pendant des semaines, des
mois peut-être.

Devant cette perspective douloureuse, son
énergie, sa raison s'évanouissaient.

Éperdument, elle se jeta sur Guy, criant au
milieu de ses sanglots :

— Ne m'abandonne pas, ne m'abandonne
pas!...

. . . .

. . . .

. . . .

Elle revenait de Klinne, chancelante, affolée. Les adieux avaient été déchirants.

Cette station de Klinne leur rappelait tant de
douces choses!

Julienne, désespérée, après avoir refusé de
descendre du wagon, s'était demandé si elle
ne ferait pas bien de se précipiter sur les rails.

Guy pleurait, il pleurait des larmes sincères,

ressaisi depuis huit jours de sa fougueuse passion des premiers temps.

Oh! ces huit jours d'ivresse, Youlie ne les oublierait plus! Son mari, guéri subitement de sa satiété, éprouvait les désirs de l'amour qui renaît; la jeune femme, brisée par ses angoisses, apaisée par des baisers et des promesses, souhaitait mourir doucement dans cette paix quasi solennelle qui envahissait la maison.

Rien ne dure ici-bas!

Il était parti maintenant, son Guy bien-aimé; il s'éloignait de seconde en seconde.

Elle, pâle, défaite, errait dans son appartement sans songer à quitter ses vêtements de voyage. Il lui semblait qu'elle rentrait dans une demeure mortuaire tiède encore de la chaleur des cierges.

Une lassitude immense l'accablait.

Le lendemain, elle tomba malade. Ce fut un bienfait, car elle oublia au moins ses chagrins.

Des lettres lui parvinrent.

La première, désolée, affectueuse; puis, sans cause apparente, il y eut une lacune.

Après trois semaines d'attente, Julienne ap-

prit que le comte Horace, très-froissé du procédé de son fils, lui tenait rigueur. Il s'agissait
d'attendre, de gagner du temps... Dans ces
explications, des réticences, des diatribes viru-
lentes contre l'abus de l'autorité paternelle;
mais dans les quatre pages, consciencieusement remplies, on ne rencontrait plus ni un
élan, ni un regret, ni un mot vrai.

Julienne ne s'inquiéta pas tout d'abord. Sa
santé, restée chancelante, lui permit bientôt
de concevoir une espérance : elle serait
mère !

Ce bonheur, savouré à loisir, lui rendit force
et courage. N'ayant plus Guy, ce grand enfant
capricieux et turbulent, elle aurait au moins
son fils à aimer, à choyer !

Elle voulut l'écrire à Paris; puis, soit prudence, soit pressentiment instinctif ou réflexion
sagement mûrie, elle se ravisa.

Pourquoi livrer ce secret au comte Horace
avant d'être fixée sur ses dispositions? D'un
autre côté, Guy s'inquiéterait en la sachant
dans cette position, il précipiterait son retour
et risquerait de compromettre une situation
déjà très-tendue.

Toujours ferme dans ses moindres volontés, Julienne garda donc le silence.

Des semaines et des semaines passèrent.

Confinée dans sa solitude, ne voyant absolument personne, avec une force d'âme peu commune, elle cachait ses chagrins aux indifférents, administrait sagement sa maison et occupait au travail ou à la lecture ses longues journées.

Le contenu des lettres de France variait peu.

Guy leurrait la femme confiante de promesses vagues, laissant percer dans sa correspondance, de plus en plus irrégulière, cette fatigue ennuyée des affections à demi éteintes.

Au commencement d'août, une nouvelle étrange circula dans Moscou.

La belle Youhe vendait ses tableaux, ses équipages, ses chevaux.

Pourquoi?

On l'ignorait, ou plutôt une légende circulait à ce sujet. On se répétait à l'oreille que M. de Savergny, las de sa brillante amie, l'avait quittée. Celle-ci vendait pour réaliser et porter ailleurs ses pénates.

Julienne ne se doutait nécessairement pas de ces commérages. Son mari tardant trop à revenir, elle vendait en effet le mobilier — Guy l'ayant acheté en son nom deux ans auparavant — pour être libre, après la naissance de son enfant, de quitter immédiatement la Russie et d'aller, elle-même, plaider sa cause près du comte Horace.

A la fin d'août, c'est-à-dire sept mois environ après le départ de Guy, la maison de la Twerskoï était vide.

Les uns prétendirent que Julienne se retirait chez madame Libanoff, à la Salenka ; d'autres affirmèrent l'avoir reconnue le soir, seule, remontant le pont des Maréchaux, pour s'arrêter devant la Clinique.

Elle, à l'abri des indiscrets, tranquille, l'âme en fête, se penchait sur le berceau de sa fille Nadine, une mignonne petite créature ressemblant étonnamment à l'absent.

Vingt jours plus tard, Julienne confiait l'enfant à madame Libanoff et se disposait à partir pour Paris.

— Surtout, dit-elle gravement à sa vieille amie, pas un mot de ma fille, même si l'on

vous interroge. J'ai un projet à son sujet ; pour
la sécurité présente, pour l'avenir, je tiens à
ce que M. de Savergny, qui a cessé de m'é-
crire, ignore sa paternité. C'est une joie que je
lui réserve pour le moment de la réunion, une
arme que je garde si la destinée m'est hostile.

CHAPITRE XII

Pour la troisième fois déjà, Julienne se présentait à l'hôtel de la rue Saint-Guillaume sans pouvoir être reçue. Afin de ménager la susceptibilité d'Horace de Savergny revenu lentement à la vie, surtout pour ne pas compromettre les résultats obtenus, elle s'abstenait de dire son nom au domestique qui la recevait dans le vestibule.

Quel supplice !

Savoir l'homme aimé tout près de soi, dans cette grande maison de pierre imposante et triste, et ne pouvoir voler dans ses bras !

Mais la consigne était sévère.

M. le comte ne recevait pas.

Et son fils ?

Son fils restait souvent, par convenance, au chevet du malade ; cela ne l'empêchait pas de mener au dehors joyeuse vie. On chuchotait même à l'office que le charmant héritier du comte, las de son exil moscovite, passait ses nuits dans les tripots et venait d'être le héros d'une aventure assez bruyante, aventure qui, de prime abord, lui rendait une place enviée dans le monde des viveurs.

Il s'agissait d'une actrice très-lancée dont le seigneur et maître, personnage influent, avait été évincé par Guy.

L'affaire, avec son côté scabreux et plaisant, faisait un bruit d'enfer.

Le personnage compromis se réfugiait dans un silence prudent ; le jeune de Savergny, au contraire, enflammé, loquace, amoureux du scandale, aurait volontiers provoqué les moulins à vent.

La patience de Julienne s'usait de plus en plus. Son amour, éprouvé par la séparation, meurtri, non diminué, devenait âpre et impérieux.

Après beaucoup d'hésitation, elle se dirigea de nouveau vers la rue Saint-Guillaume, soulevant, avec un battement de cœur, le lourd marteau de bronze.

Introduite, elle tendit au domestique une enveloppe cachetée contenant sa carte. Celui-ci, séduit par le louis que la visiteuse glissait dans sa main, lui ouvrit le salon, la priant d'attendre.

Le comte Horace passait ses après-midi sur une chaise longue.

Dès l'arrivée de Guy à Paris, une explication orageuse avait eu lieu entre le père et le fils.

Horace savait les événements de Moscou ; sa volonté bien arrêtée, irrévocable, était de briser, peu importe par quel moyen, ce mariage qu'il jugeait déshonorant.

Vaincu comme de coutume, blessé des prétentions excessives du comte, le jeune homme, pour étourdir un chagrin cuisant, se jeta dans le tourbillon parisien. Bientôt le jeu, une passion dont on ne guérit pas, le reprit et le posséda jusqu'à la frénésie.

Le souvenir de sa femme s'affaiblissait. Il demeurait surpris — lorsqu'il avait le temps d'y songer — de l'acharnement déployé jadis par lui-même pour obtenir la main de Julienne.

Quelle aberration d'esprit !

Cette Youlie lui semblait maintenant fort ordinaire, passablement insipide, inférieure en tous points aux ravissants minois de certaines personnes faciles rencontrées dans ses excursions nocturnes. Rassasié de l'amour de Julienne, il rêvait de nouveautés inconnues, de liberté surtout !

Quelle sottise de l'avoir aliénée, cette chère liberté ! Il traînait un boulet, le trouvait fort lourd, mais ni assez vicieux, ni assez résolu pour s'en débarrasser, cherchait un compromis capable de mettre d'accord sa conscience et ses appétits.

Lorsque le valet de chambre entra, Horace songeait ou sommeillait ; Guy, assis près d'une table roulée devant la fenêtre, parcourait machinalement les journaux en bâillant d'ennui.

— Une lettre pour monsieur le comte, on demande une réponse.

— Diablement pressée, cette lettre, maugréa le vieillard. Allez ! je sonnerai.

Il déchira l'enveloppe et lut sur le carton satiné :

MADAME GUY DE SAVERGNY

MOSCOU

Un formidable juron lui échappa, et arracha Guy à son occupation.

— Qu'y a-t-il, mon père ?

Subitement calmé, combinant déjà un plan, le comte glissa un coup d'œil sournois vers son fils.

— Viens ici, connais-tu cela ?

Guy prit la carte.

— Elle ! Ah ! ma pauvre Julienne !

— L'aimes-tu encore ?

— Mais... mais certainement, balbutia-t-il peu convaincu, je ne saurais oublier qu'elle est ma femme.

— Allons donc ! Des sornettes ! Tu n'es pas prêt au sacrifice ? Tant pis ! J'opérerai seul.

— Que voulez-vous faire ?

— Que t'importe !

— Il m'importe beaucoup, protesta le jeune homme honteux de son humilité.

Et avec une fermeté dont le comte ne fut pas dupe :

— Puisque Julienne est ici, je veux la voir.

— Je te le défends. Paix ! Obéis promptement ; ou malheur à elle !

Le ressort de la volonté, détendu, brisé depuis longtemps chez Guy, ne pouvait guère
produire qu'une résistance passagère suivie
d'une réaction complète. D'ailleurs, il n'osait
s'avouer qu'il avait peur de Julienne.

Comment affronter ses reproches? Comment
pallier ses torts, sa désertion? Volontiers, sans
un reste d'amour-propre, il eût accordé pleins
pouvoirs à son père.

Celui-ci devina les transes de ce misérable
caractère et en profita adroitement.

— Place-toi devant ce bureau et écris.

Le comte dicta :

« Mon cher et honoré père,

« Confiant dans votre affection, dans votre
haute sagesse, je déclare accepter d'avance
toutes vos décisions au sujet de mademoiselle
Youlie Négline. Je jure, sur mon honneur, de
respecter la sentence que vous prononcerez à
ce sujet. »

— Signe, maintenant.

Guy resta la plume en l'air.

— C'est une infamie, cela !

— J'en prends la responsabilité. Je travaille à ton bonheur, imbécile! Dans dix ans tu me remercieras.

Le jeune homme griffonna son nom avec une moue de dégoût.

— Après, quelle besogne me réservez-vous? fit-il les bras croisés, le visage pourpre.

— Je te donne vacances, va au jardin, mon cher, l'air te calmera.

Horace laissa son ton gouailleur pour ajouter :

— Aussi vrai que je suis un Savergny, moi, et que tu n'es qu'un jouvenceau, une femmelette, je t'avertis que si tu interviens dans notre entretien, si tu essayes demain de la revoir, je te tue comme un chien. Est-ce compris?

Suffoquant de rage, Guy se dirigea vers la porte.

Avant de sortir, il se retourna vers son père et considéra ce visage d'une dureté méchante qui lui rappelait les rancunes, les humiliations incessantes de son enfance et de sa jeunesse.

Une bouffée de haine lui monta au cerveau.

S'il était vil, s'il allait briser un cœur de femme, à qui la faute?

— Tu n'es pas encore parti? fit Horace avec un calme parfait.

Quand le bruit des pas de Guy se fut éteint, le malade sonna.

— Introduisez cette dame, ordonna-t-il.

Julienne franchit le seuil de l'appartement avec aisance, sans trouble apparent.

Avide de connaître sa belle-fille, M. de Savergny se soulevait à demi.

Sa grâce souveraine le frappa.

Il s'attendait à trouver une fillette gauche, timide, et c'était une femme d'une séduction troublante qui venait à lui.

— Allons, se dit-il, il faudra précipiter l'attaque et jouer serré.

— C'est à monsieur Horace de Savergny que j'ai l'honneur de parler? disait Youlie de son timbre harmonieux, un peu voilé par l'émotion.

— En effet, madame.

— On vous a remis ma carte sans doute, monsieur le comte? vous savez alors qui je suis...

— Ou qui vous croyez être, rectifia le vieillard en s'inclinant avec une courtoisie que ne comportaient pas ses paroles.

Elle le contempla un instant pour s'assurer de la lucidité de ses idées.

Horace de Savergny, courbé par ses récentes souffrances, ne conservait plus son apparence athlétique. Le visage maigre, osseux, d'un relief saisissant, nullement vulgaire, portait les traces indélébiles de ses fatigues et de ses mécomptes. Ses cheveux roux, plantés bas, accentuaient l'expression mauvaise du regard, le pli sardonique des lèvres. Une robe de chambre en cachemire rouge achevait de lui prêter un aspect étrange, aspect qui, joint à sa réponse impertinente, permettait de douter de sa raison.

Julienne restait debout, décontenancée par cette repartie dont le sens lui échappait.

Eh quoi! elle venait supplier un père, et un juge se dressait devant elle? Tant mieux! Elle serait plus à l'aise pour faire valoir ses droits. Son pauvre Guy, comme il devait souffrir sous le despotisme de cet homme!

M. de Savergny, sa première boutade passée,

paraissait éprouver un certain plaisir à détailler sa visiteuse : il reprit la parole d'un ton mielleux, se plaignant de sa santé, s'excusant de la recevoir dans cette position.

Elle ne prêtait qu'une attention médiocre à ces politesses banales, et, poussant un fauteuil à quelques pas de la chaise longue, elle s'assit, disant :

— Veuillez m'apprendre, monsieur, si mon mari est à l'hôtel.

C'était ouvrir bravement le feu.

— Non, madame.

— Serait-il indiscret de vous demander où il se trouve ?

— Sur la route de l'Italie, je suppose.

— Vous faites erreur certainement, monsieur, car on m'a affirmé que Guy...

— Me soignait en bon fils ?

— Justement. Et comme je viens pour le voir, je vous serais reconnaissante de le faire appeler.

Horace eut un rire silencieux, prodigieusement agaçant pour la jeune femme.

— Guy reste le moins possible près de moi, continua-t-il. Il est très-jeune ; à son âge, toute

8

chaîne paraît insupportable, et dans ce diable de Paris il y a des tentations si nombreuses, si charmantes...

Julienne pâlit.

Guy infidèle? Cette crainte, bien des fois, l'avait poursuivie comme un cauchemar, mais elle la repoussait, incapable de comprendre les défaillances et les hypocrisies.

— Vous convenez donc de sa présence ici, monsieur?

— Parbleu! J'en conviens si cela vous plaît, chère madame. Ne croyez-vous pas que l'affaire que nous avons à régler ensemble puisse facilement se passer de sa présence?

— Quelle affaire?

Depuis six mois son mari la négligeait pour son père; la première, alors qu'il hésitait, elle l'avait engagé à partir. A lui d'accomplir son devoir comme elle avait rempli le sien.

— Et ce devoir? questionna le comte.

— Est de ne pas délaisser plus longtemps sa femme.

M. de Savergny se pencha en avant, posant sa main velue en cornet près de l'oreille comme s'il entendait mal.

— N'avez-vous pas dit sa femme ? La femme de Guy ?...

— C'est moi, fit-elle sans s'offenser.

— Vous !

Cette exclamation parut stupide à Julienne.

Une fois encore, la crainte que les facultés mentales de son beau-père ne fussent dérangées lui vint à la pensée. Elle ne s'arrêta pas longtemps à cette réflexion. Le but à poursuivre, à atteindre, l'absorbait tout entière.

— Notre union vous a été trop longtemps cachée, monsieur, poursuivit-elle avec animation, et comme je ne sais rien de la diplomatie ni de ses précautions oratoires, vous m'excuserez d'aller directement au fait. Ce fait, je vous le répète, c'est mon mariage avec Guy. L'heure des compromis est passée ; confiante dans votre équité, je viens ouvertement réclamer mon mari.

Le comte écoutait, le front contracté.

L'attitude résolue de Julienne déroutait ses calculs. Il voulait bien lui broyer le cœur, seulement il préférait y mettre des formes. S'il y a des mots qui tuent, cela empêche-t-il les bons comédiens de s'écarter des convenances ?

— Votre mari, votre mari, marmottait-il avec humeur, sentant que la colère allait le dominer et qu'il ne sortirait de cette impasse que par une brutalité. Êtes-vous sûre, après tout, qu'il soit votre mari?

— Comment, si j'en suis sûre! s'écria-t-elle, révoltée à la fin de ces étranges insinuations. Nous sommes mariés depuis deux ans, monsieur!

— Où cela?

— Dans mon pays, nécessairement.

— A Moscou?

Pour la première fois, une crainte vague étreignit le cœur de Julienne.

— Non, dit-elle, à Klinne.

— Klinne? Vraiment vous vous êtes mariés à Klinne? Je ne connais pas ce village. A propos, y a-t-il un consulat à Klinne?

— Un consulat? pourquoi faire?

— Pour y légaliser votre union.

L'effroi de la jeune femme, effroi qu'elle dissimulait de son mieux, grandissait, se précisait.

Elle ne devinait pas encore où le comte Horace désirait l'amener, pressentant cependant un danger, un danger terrible.

— Le mariage a-t-il été célébré devant l'offi-
cier de l'état civil? poursuivit-il en se soulevant
sur le coude.

— Non.

— La légalisation a-t-elle eu lieu à Moscou?
Elle était trop franche pour mentir.

— Non, fit-elle encore.

Le comte rejeta ses couvertures et se dressa
debout avec un geste de triomphe.

— Eh bien! que venez-vous me parler de
mariage, chère madame? c'est une histoire
ridicule, je n'ose ajouter un vrai chantage!

Elle protesta en termes mesurés; il s'oubliait
étrangement pour un gentilhomme.

Rappelé à lui-même, il s'inclina aussitôt.

— Agréez l'expression de mes regrets, madame, je m'emporte en effet comme si j'avais
tort. Permettez-moi donc de vous apprendre,
puisque vous paraissez l'ignorer, que l'union
contractée par vous n'est pas sérieuse, parce
qu'il y a des contraventions flagrantes aux articles prescrits par le Code.

Elle eut un cri de révolte.

Les yeux ardents, le geste impérieux, elle se
leva à son tour.

Il comprit, et ajouta d'un ton posé :

— Je m'explique, madame. Le mariage civil n'existe pas en Russie, le mariage religieux régit par conséquent les sujets du Czar. Le pope marie deux jeunes gens? Parfait! L'union est valable : premièrement, s'ils sont de la même nationalité; deuxièmement, tant qu'ils restent dans l'empire. Est-ce le cas? Nullement. Guy n'a pas comparu devant nos agents diplomatiques, il n'a pas davantage, dans les trois mois de son retour, fait transcrire l'acte de célébration; enfin il a enfreint, avec une audacieuse insouciance, l'article 170, dont la disposition formelle est : « Que le mariage à l'étranger sera valable pourvu qu'il ait été précédé des publications indiquées par l'article 63[1]. » Or, dire qu'un acte sera valable pourvu qu'il soit précédé de telle ou telle formalité, n'est-ce pas indiquer, de la manière la plus claire, que cet acte ne sera pas valable, c'est-à-dire qu'il sera nul, si la forme imposée pour sa validité n'a pas été observée?

Mariés à Klinne, vous l'avez été, la chose est

_____
[1] Extrait du *Code Napoléon.*

indéniable. Mais mon fils rentre définitivement en France, la loi de son pays n'admet que le mariage civil. Que reste-t-il des simagrées de votre pope ? Rien ! Un Français qui n'est pas marié civilement n'est pas marié du tout, lorsqu'il n'a pas tenu compte davantage des lois du pays qu'il habitait momentanément.

Défaite comme une morte, Julienne chancelait.

Le comte Horace, appuyé au dossier d'un fauteuil, l'observait avec la curiosité froide d'un bourreau.

Ce regard fouetta ses nerfs et lui rendit son énergie.

— C'est faux, cria-t-elle un peu égarée, vos raisonnements sont faux ! Tout Moscou, au besoin, pourrait attester que j'ai vécu deux ans avec Guy.

— Personne n'en doute, madame, riposta M. de Savergny avec une intonation qui fit monter une rougeur brûlante au front de la jeune femme. J'ai fait mon enquête ; de cette enquête, fort minutieuse, il ressort ceci : personne au consulat, dans les régions diplomatiques et mondaines, personne, vous dis-je, n'a soupçonné un seul instant que Guy fût marié ; on parlait simplement... dois-je achever ?

— Eh ! sans doute, exclama-t-elle exaspérée.

— Soit ! on parlait... d'une liaison...

Le coup était rude, il paralysa Julienne.

Mille détails insignifiants, dont à Moscou elle n'avait pas compris la portée, lui revinrent à la mémoire comme des preuves irréfutables de ce qu'avançait le comte.

C'était horrible !

Elle courba la tête, se demandant, avec une angoisse mortelle, si elle aurait jamais le courage de porter ce fardeau immérité.

Cette défaillance ne dura pas.

Elle se redressa, et darda sur son ennemi ses beaux yeux sombres que pas une larme ne mouillait.

— Ainsi, fit-elle, vous prétendez que je n'ai pas été, que je ne suis pas la femme de votre fils ?

— Hélas ! les faits me forcent à cette affirmation, madame.

— Mais lui, lui, Guy, que dit-il ? Nie-t-il ses promesses, ses serments ? Ce serait trop vil, en vérité ! Appelez-le, monsieur, vous verrez de quel côté sont le droit et la vérité !

— Il est parti, affirma de Savergny, assez embarrassé de sa contenance devant cette réponse véhémente.

Alors Julienne, qu'une rage folle gagnait par degrés, oublia les bienséances du monde, ses habitudes de dignité, la prudence élémentaire qui lui conseillait de ménager un ennemi puissant ; elle vit clair dans l'âme astucieuse de M. de Savergny, et, comme il soutenait de nouveau l'absence de son fils, elle le contempla fixement et lui dit :

— Vous mentez, monsieur le comte, mon mari est ici, et il se cache ! Il se cache, parce que vous craignez sa faiblesse, et que vous espérez me réduire plus facilement !... Vous vous trompez, je proteste contre cette iniquité. Admettons, du reste, l'hypothèse d'un mariage défectueux, entaché de nullité, puisque Guy devait faire dresser au consulat l'acte civil. Eh bien ! ce qui n'a pas été régularisé hier peut l'être demain. L'obligation morale subsiste tout entière. De quoi s'agit-il, en somme ? D'une formalité à remplir, remplissons-la !...

— Jamais !

— Parce que ? interrogea-t-elle hardiment.

Il hésita une seconde.

Bah ! pourquoi tant de politesse ? Elle voulait la guerre, la guerre franche, brutale, tant mieux ! Ces procédés-là entraient dans son caractère.

— La fille d'un paysan ne peut être la femme d'un Savergny ! articula-t-il nettement.

Elle, très-pâle, renversa un peu la tête, riant nerveusement.

— C'est juste, je m'attendais à cette objection. La noblesse, chez vous, réside en quelques parchemins moisis, en des préjugés démodés qui stérilisent vos efforts et abâtardissent vos enfants ! Tâchez pour un moment de voir plus haut, monsieur le comte, car l'honneur de Guy, le vôtre, vous commandent de rectifier l'erreur commise. Briserez-vous ma vie entière parce que, naïve, j'ai eu une confiance exagérée en la loyauté d'un Savergny ?

— Mon fils entend reprendre et garder sa liberté, répondit le vieillard de sa voix la plus sèche.

— Vous a-t-il chargé de me l'apprendre ?

— Parfaitement. Ne se sentant pas le courage de vous revoir, il m'a laissé ceci...

Et, prenant sur la table le papier écrit une heure plus tôt, il le tendit à Julienne.

Elle lut d'abord sans comprendre, puis recommença deux fois à parcourir le fatal billet.

Eh quoi ! Guy cessait de l'aimer !

Ce mariage roturier lui paraissait désormais un boulet ; une occasion se présentait de déserter, il la saisissait avec empressement...

Les lois de tous les pays ne manquent pas de sévérités et de lacunes... Reste, pour réparer les défectuosités, la bonne volonté individuelle. Mais lorsque, par malheur, une femme rencontre un Guy de Savergny, elle est perdue sans ressources.

Un silence pénible régnait dans la chambre.

Horace se promenait à petits pas, déchiquetant, à coups d'ongle, le mouchoir de batiste avec lequel il essuyait, de temps en temps, la sueur de son front.

Ne s'en irait-elle donc pas, à la fin ? Cette femme était par trop tenace ; et il sentait, non sans terreur, les palpitations dont il souffrait, le reprendre avec violence.

— Il me semble, madame, fit-il tout à coup pour terminer ce pénible entretien, que nous n'avons plus rien à nous dire.

Elle parut ne pas l'entendre.

— Ainsi, reprit-elle toute frémissante, vous assurez que je n'ai été que la maîtresse de Guy?

Il s'inclina pour toute réponse.

Un espoir illumina la nuit où elle se débattait, une vision radieuse lui vint.

— Si j'avais un enfant pourtant, auriez-vous la barbarie de me repousser?

Le comte se retourna, les sourcils froncés.

— N'essayez pas de jouer une comédie inutile, mes informations sont précises, il n'y a pas d'enfant.

— A quelle date remontent-elles, ces informations?

— Au départ de mon fils. Je l'ai rappelé parce que cette affection illicite semblait vouloir s'éterniser, et je le veux libre, absolument libre, libre quand même!

Le ton dont ces dernières phrases furent prononcées, causa un frisson à Julienne. Elle songea à Nadine, à sa petite Nadinette qu'on lui volerait peut-être, et elle qui, pour reconquérir Guy, allait avouer son secret, l'étouffa sur ses lèvres.

N'ayant plus rien à perdre, elle se transforma. Le sang du peuple bouillonna en elle, sa beauté prit je ne sais quoi de tragique et de superbe.

— Monsieur le comte, prononça-t-elle sévèrement, votre fils et vous, vous me jetez à la misère, au mal, à l'ignominie. Retenez ceci : je ferai assez de bruit pour vous éclabousser de ma honte. — Il y a des tribunaux en France, une justice que j'ai entendu louer, je m'adresserai à elle ! Le temps n'est plus où vous jugiez à huis clos, où vous condamniez sans appel. Aujourd'hui l'égalité, la lumière pour tous ! Je soulèverai un scandale immense, retentissant... Que m'importe, à moi ! Une fille de moujik a-t-elle un nom à compromettre ? Je ne m'aveugle pas, je sais qu'il n'y a pas de loi pour forcer Guy à m'épouser ; mais si riches, si grands, si puissants que vous soyez, vous n'em-

9

pêcherez pas l'opinion publique, émue par les débats, de se passionner et de se prononcer. L'opinion vous condamnera, l'opinion vous punira de vos dédains! C'est une puissance insaisissable et vengeresse qui racontera à tous, en France, en Russie, aux petits, aux grands, que les de Savergny sont des larrons d'honneur et des lâches!

A cette insulte prononcée très-haut, d'une voix vibrante, le comte devint blême.

Ses palpitations, décidément, l'étouffaient.

Il tomba inerte sur sa chaise longue, la face congestionnée.

Julienne le contempla.

— S'il pouvait mourir là, se dit-elle, quelle délivrance!

Elle se pencha sur lui, posant sa main fine sur son épaule.

— Pour la dernière fois, consentez-vous à me rendre mon mari?

— Non! non! non! hurla le comte Horace.

Une écume sanglante frangea ses lèvres, il eut un spasme.

La jeune femme eut peur et sonna.

Le valet de chambre entra.

— Je suis madame Guy de Savergny, fit Julienne avec hauteur, reconduisez-moi, ensuite
vous soignerez votre maître.

Et, passant devant lui, elle traversa rapidement le salon et le vestibule, ayant hâte de
quitter cette maison maudite.

CHAPITRE XIII

Dès le lendemain, Julienne arrêta un plan de conduite et s'apprêta à chercher l'homme d'affaires capable de la diriger, de rendre efficaces les menaces adressées par elle à M. de Savergny.

Le propriétaire de son appartement — appartement loué au mois — lui indiqua obligeamment, boulevard Saint-Germain, un avoué retors, fort connu de la colonie russe.

Youlie n'hésitait pas.

Elle attaquerait le comte, et, dût-elle perdre son procès, humilierait au moins son adversaire.

Elle écrivit à son mari une lettre explicative en le priant de venir la rejoindre, et sortit.

Il était dix heures du matin environ, la

jeune femme marchait lentement, étourdie par
le bruit des voitures et perdue dans ses réflexions.

Tout à coup, à l'angle de la rue Saint-Dominique, elle aperçut, traversant la chaussée, un
homme dont la tournure la fit tressaillir.

Rêvait-elle ? Était-ce possible ?

Que faisait Guy dans ce quartier, à cette
heure ?

Elle lui laissa prendre l'avance, et, bien cer
taine de ne pas se tromper, changea de trot
toir, les yeux fixés sur son mari.

Sa première impression la poussait à courir
vers lui pour l'entraîner dans son parti. Après
tout, s'il le voulait, rien n'était perdu. Qu'importait le mauvais vouloir du comte ! On en
serait quitte pour vivre dans une gêne relative ;
or la pauvreté, avec Guy, ne l'effrayait pas.

Un doute, une jalousie inconsciente paralysa
cet élan.

Lui, l'air satisfait, dégagé de tous les soucis
de ce monde, fumait son londrès, heureux
d'être libre, aspirant, avec une volupté évi-
dente, l'air vif du matin. Julienne remarqua
que sa toilette, son linge, manquaient de fraî-

cheur; on aurait dit qu'il venait de passer la nuit sans se coucher.

Mais alors, encore une fois, où allait-il?

Elle fut vite renseignée.

La voie s'élargissait, les arbres du boulevard Saint-Germain apparaissaient déjà ; à un carrefour plus encombré, Guy disparut.

Stupéfaite, Julienne se demandait sous quelle porte il venait de pénétrer, lorsqu'une personne d'une mise élégante et tapageuse, avec je ne sais quoi de provocant dans la tournure, descendit de fiacre, renvoya le cocher, et, ses jupes relevées à la diable, traversa la rue sur la pointe des pieds pour entrer dans une maison neuve, d'apparence bourgeoise.

Pour Youlie, c'était un trait de lumière, une révélation. Alors commença un affreux supplice, le supplice de l'attente.

La malheureuse essaya de se payer de sophismes. Cette femme blonde ignorait probablement l'existence de Guy de Savergny. Lui-même, appelé pour une affaire quelconque, ne songeait pas sans doute à tromper sa Youlie. Étrange coïncidence, pourtant ! Et ni l'un ni l'autre ne sortaient... La concierge avait salué cette jolie visiteuse sans s'étonner, sans rien demander. Ceci révélait une habitude.

Un écriteau se balançait à un balcon. Cet écriteau suggéra immédiatement une idée à Julienne. Si elle visitait l'appartement à louer? C'est vieux comme le monde, ce moyen-là, mais cela réussit toujours.

Onze heures sonnaient. La concierge marchandait des légumes à une petite voiture de maraîcher. Madame de Savergny profita de l'occasion, s'engagea dans le corridor comme elle l'avait vu faire à l'inconnue, et se trouva dans une cour encaissée, étroite, où une fontaine entretenait une humidité constante.

La loge était vide. Un escalier se présentait, elle le gravit et fit halte sur le palier du premier étage. A droite, une porte d'acajou trouait le mur avec un pied de biche pour sonnette. Une clarté froide tombait de la croisée à vitres dépolies sur les marches couvertes d'un tapis de moquette, limé aux angles.

Youlie se consulta, préparant le renseignement qu'elle demanderait en cas d'erreur.

Elle sonna.

Personne ne répondit.

L'envie de se sauver lui vint. Puis, comme elle sonnait plus fort, elle distingua un chuchotement, une hésitation à ouvrir.

Si c'était lui, pourtant!

La rage la prit. Elle carillonna à tour de bras.

Un homme alors entre-bâilla la porte avec précaution ; Julienne ouvrait la bouche pour s'informer d'un locataire imaginaire ; elle poussa un cri. Son mari se tenait devant elle.

Oui, lui, les cheveux en désordre, en pantoufles, ahuri, stupide, la tête basse, avouant sa culpabilité par sa mine honteuse. Elle le regardait sans parler, partagée entre la pitié et le mépris ; sa colère même était passée.

Une voix fraîche et jeune s'éleva dans la pièce voisine, disant :

— Qu'y a-t-il, mon cher Guy? Reviens donc !

Julienne fit un pas en avant.

Il lui barra le passage.

Elle le foudroya du regard, et, en vraie Russe, crachant à terre avec ce geste de dégoût énergique qui n'appartient qu'aux Slaves, et reste pour eux la suprême injure :

— Soyez tranquille, dit-elle, j'en ai assez!...
Vous êtes un misérable !

Et, sans ajouter un mot, elle sortit.

. . . .

. . . .

Une heure après, elle se retrouvait dans sa
chambre garnie, ayant oublié l'homme d'affaires, le procès, le tribunal, le comte Horace.

Qu'importait tout cela !

Puisqu'elle était trahie, pourquoi plaider ?

Essayerait-elle de garder le nom de celui dont
elle ne possédait plus la tendresse ?

Oh! elle n'y tenait guère, à leur nom !

L'humble nom de Dimitri Négline, un honnête homme, celui-là, valait bien le blason des
Savergny !

Quelle bassesse !

Fuir, fuir bien vite restait le seul désir, le
seul besoin qui surnageait dans l'âme ulcérée
de la pauvre femme, à l'écroulement de tous
ses plans, au naufrage irrémédiable de son
bonheur.

Alors, dans cette pièce banale où elle s'était
agenouillée, implorant instinctivement un se-

cours, une protection, un frisson la secoua, elle se leva avec un sanglot :

— Nadine ! Nadine !...

Nadine, la fille de ses entrailles, son espoir, son avenir !

L'amour trompe, la fortune change, les honneurs s'évanouissent, mais l'enfant reste ! La maternité, qui est d'essence divine, sauve, rassure, console...

Le soir même, Julienne roulait sur la route de Moscou.

Dix-huit ans devaient s'écouler sans qu'elle revît Guy de Savergny.

Le hasard le poussa sur ses pas, à Deauville, le jour des courses, par cette après-midi ensoleillée, où débute notre récit.

. . . .

. . . .

. . . .

. . . .

. . . .

CHAPITRE XIV

Le lundi 14 août, c'est-à-dire le lendemain
du jour où Pluton avait, avec si peu de succès,
couru à Deauville, où le comte Guy apercevait sur la pelouse une belle jeune fille qu'il
ne connaissait pas près de Julienne qu'il connaissait trop, le soleil, en souverain autocrate
qui ne se préoccupe ni de nos soucis, ni de nos
misères, incendiait la mer calme comme un lac
de Suisse.

Dans la maison de la rue des Bains, Alexandre Dimitriowitch préparait le déjeuner de
ces dames; Nadine se coiffait devant la glace,
et lançait à plein gosier ses joyeux trilles
d'alouette.

Julienne, qui portait, depuis sa rupture défi-
nitive avec son mari, le nom modeste et français de madame Moroy, songeait, tout en va-

quant aux soins du ménage, à l'attitude qu'elle prendrait si, comme cela n'était que trop probable, le hasard la rapprochait de M. de Savergny.

— Tu es longtemps à t'habiller, ma chérie, dit-elle en se retournant vers sa fille. Dépêche-toi, si tu veux jouir de la pleine mer.

Mademoiselle Moroy, réveillée dès l'aube, pensait à Savinien Damaze qu'elle rencontrerait sur la plage ; aussi s'appliquait-elle à se coiffer gentiment.

Elle n'osait s'abandonner au doux espoir de l'épouser, ce bon Savinien ; mais elle tenait à lui plaire, à paraître belle. Est-ce défendu, cela ?

Voyons, que mettrait-elle aujourd'hui ?

Grave problème !

Sa robe rose datait de l'an dernier ; or, la mode est si changeante ! Trop chaud, son costume de voyage... Bah ! il faudra bien se décider pour la toilette de la veille ! Le bleu n'est-il pas le fard des blondes ? Savinien ne sera pas plus difficile que ce grand personnage, ce comte qui, par deux fois, l'avait enveloppée d'un regard d'admiration passionnée.

Vite ! retournons à la jupe bleue garnie de guipure, au chapeau de paille empanaché de plumes, aux gants de Suède longs et plissés, à l'ombrelle doublée d'azur, et voilà Nadine Moroy charmante, pimpante, la peau lactée, amoureuse d'air pur et de lumière avec le charme victorieux de ses dix-huit ans.

Ce jour-là, surtout, ses lèvres fraîches souriaient au ciel parce qu'il s'habillait de bleu comme elle, ses yeux glauques trahissaient, pareils à un cristal transparent, le doux secret qu'elle voulait garder. La taille souple, la démarche légère, elle se sentait transportée à l'idée de revoir celui qu'elle trouvait raisonnable de fuir la veille, et déclarait, en gagnant la plage, que la vie était la meilleure des fêtes.

— Que tu as bien fait, maman, de m'amener ici !

Madame Moroy soupirait, n'étant pas sûre d'avoir sagement agi ; ses inquiétudes de la veille ne se dissipaient pas ; les souvenirs poignants évoqués toute la nuit lui rendaient pénible l'obligation de causer, d'écouter le babil de sa fille.

Avec ses trente-huit ans sonnés, madame Moroy ne ressemblait plus à la splendide Youlie épousée à Klinne par M. de Savergny, pas davantage à la femme altière discutant si âprement avec le comte Horace ; la dure bataille quotidienne, les chagrins marquaient ses traits, d'un relief vigoureux, d'imperceptibles rides. Seuls, ses yeux noirs, d'une expression inoubliable, gardaient leur flamme, restaient sans rivaux et suffisaient pour la faire remarquer.

La plage était fort animée ce matin-là ; partout des groupes assis, des enfants à demi nus, armés de pelles et barbotant dans l'eau, des profils de femmes entrevus sous les parasols de coutil plantés dans le sable pour tamiser la lumière trop vive qui tombe d'aplomb sur le livre ouvert ou sur le gros bébé endormi dans les bras de sa nourrice.

Julienne s'installa au bord des vagues. Nadine, après avoir examiné ses voisins, s'amusait à présenter le bout de son pied cambré à l'ourlet d'écume que le flot poussait vers elle.

Une voix d'homme la fit tressaillir.

Allègre, empressé, Savinien Damaze accourait, oublieux, dans cette hâte joyeuse, de sa correction anglaise.

— Le beau temps, mesdames ! Que vous avez donc bien fait de venir ici !

Julienne sourit en lui tendant la main. Une autre, tout à l'heure, n'exprimait-elle pas la même pensée ?

— Oh ! les enfants ! Oh ! les amoureux !

Savinien remarqua aussitôt que la froide réserve de la veille s'envolait rejoindre les brouillards de la nuit. Il s'en réjouit sans approfondir la cause de ce revirement en sa faveur. Il savait, depuis longtemps, que la femme varie. Ce n'est peut-être pas le moindre de ses charmes !

Donc, enfonçant sa chaise dans le sol mouvant, bien en face de la jeune fille pour l'admirer à l'aise, il entama une de ces conversations à bâtons rompus, ennuyeuse avec les indifférents, prodigieusement attachante avec les personnes sympathiques.

— Mettez-nous au courant de la chronique trouvillaise, monsieur Damaze, disait madame Moroy.

— Volontiers !

Et le jeune homme se lançait dans mille ra-
contars amusants, critiquait celui-ci, louait
celle-là, traçait lestement, avec beaucoup de
verve, des portraits d'hommes influents, des
charges de sportsmen et de boursiers, mettant un nom, un titre, un qualificatif spirituel
aux personnages qui défilaient dans cette ga-
lerie.

Nadine riait très-franchement, lui donnait
souvent la réplique avec son aisance facile de
personne instruite et bien élevée.

Pas un mot d'amour ne se prononçait, mais
l'amour circulait autour d'eux comme un fluide.
Il était dans l'air, dans les yeux de mademoiselle Moroy, dans ceux de Savinien, dans
cette brise saline qui soulevait parfois, d'une
frissonnante caresse, les frisures d'or de la
belle fille.

La marée montante les obligeait, tantôt l'un,
tantôt l'autre, à changer de place; les chaises
finissaient par se toucher, la discussion,
d'abord animée et générale, se ralentissait,
s'éteignait, pareille à un feu de paille.

Le regard perdu sur la mer, Julienne se taisait. Les jeunes gens, émus tout à coup, bais-

saient la voix, tandis qu'une intonation plus tendre, plus familière, leur causait la délicieuse sensation de la solitude à deux.

— Pourquoi étiez-vous si préoccupée hier ? questionnait Savinien, jouant avec le gland de soie de l'ombrelle.

— Le sais-je ? Un caprice !

— Vous vous calomniez, les changements fantasques sont indignes de vous.

Elle répliquait avec douceur :

— N'insistez pas et tenez-moi pour une personne lunatique.

— Jamais ! je vous estime, je vous vénère trop...

— Oh ! Dieu ! s'écria-t-elle avec une petite moue gentille, suis-je donc une vieille, vieille personne ?

— Comment cela ?

—Mais... pour inspirer une telle vénération...

Il se pencha vers elle avec le geste câlin, la grâce des hommes très-jeunes.

— Un autre mot plus vrai, plus juste, vous offenserait peut-être, Nadine ; je n'ose le prononcer, ce mot, et pourtant il me brûle les lèvres !

Elle baissa la tête, les joues enflammées, regrettant son observation, quoique délicieusement charmée par la réponse.

Madame Moroy, absorbée, ne parlait plus.

Savinien alors conta à sa compagne attentive les ennuis de la villégiature. Il regrettait Paris, non certes pour ses plaisirs, mais parce qu'il aimait certaines visites faites dans la rue Demours. Ces deux mois de Trouville sans la voir, elle, la fée de son existence, lui avaient semblé un siècle, une éternité!... L'ennui — on le croirait à peine — a cependant du bon ; on se replie sur soi-même, on se recueille, on réfléchit, on sonde son cœur et... et l'on y découvre une tendresse puissante germée sans bruit, une image adorée gravée si profondément, que rien désormais ne saurait l'effacer ni la bannir. L'accent de Savinien vibrant de joie contenue, de passion voilée, donnait à ses phrases une saveur particulière qui pénétrait jusqu'à l'âme de Nadine. Ce qu'il disait ainsi tout haut, avec sa liberté d'homme, elle le pensait tout bas.

Ils s'aimaient donc ?

Oh ! la jolie chose d'aimer par ce brillant

soleil, dans le gai mouvement de la petite ville
en liesse, réveillée par le bruit des équipages,
égayée par le chatoiement des toilettes ! Une
griserie vous prend dans ce Trouville, on dirait que l'écume des vagues est de la mousse
de champagne, mousse petillante qui déborde
de tous les verres et monte à tous les cer-
veaux !

Les promeneurs circulaient autour d'eux,
des femmes trop parées minaudaient, des enfants creusaient des canaux capables d'amener
l'Océan sous leurs chaises, et Damaze ne voyait
que les traits fins, le cou flexible, les cils re-
courbés de sa compagne, comme elle ne s'intéressait, de son côté, qu'à la physionomie expres-
sive de cet intarissable bavard.

A l'écart, retombée dans ses songeries
inquiètes, se remémorant le passé, Julienne se
croyait loin, bien loin de la France.

Elle se retrouvait à Moscou au lendemain de
son désastre, sans nom, sans mari, sans fortune.

L'enfant, au moins, lui restait ! Comme elle
s'applaudissait, en grimpant vers la Salenka,
des précautions prises à la naissance de sa fille !

Pour élever ce bébé au maillot, il fallait travailler. Que faire? Ses ressources étaient modi-
ques ; son cœur saignait des blessures reçues ;
la lutte âpre, sans trêve, l'effrayait.

N'importe! la nécessité — menace implacable — se dressait devant elle. Alors vaillam-
ment elle refoulait ses larmes, domptait son
orgueil, et l'on apprenait à Moscou que « la
belle Youlie », que l'on disait la maîtresse de
Guy de Savergny, ouvrait en pleine Twerskoï
un magasin de modes et de lingerie.

Ce fut une stupéfaction générale.

On est sceptique en tous pays à l'endroit de
la vertu ; en Russie, en raison des mœurs, les
hommes le sont encore davantage.

Une originale, cette femme! Se fermer l'avenir pour un premier abandon est une pure
niaiserie! Pourquoi, comme tant d'autres, ne
demandait-elle pas à une existence facile une
fortune princière?

Faiblesse de conscience sans doute, messieurs. Mère, elle ne voulait pas, par une vengeance déshonorante, faire rougir un jour le
front de son enfant.

— Vous savez la nouvelle? se disait-on en

s'abordant. Cet aimable de Savergny a négligé
d'assurer des rentes à sa belle amie.

— Le procédé manque de chic.

— Elle ouvre boutique, mon cher, sous le
nom de madame Moroy ; impayable, hein ?

— Elle travaillerait, elle, allons donc !

Youlie pauvre était un phénomène, et l'on
qualifiait de plaisanterie, de gageure, sa courageuse tentative d'indépendance.

Ni plaisanterie, ni gageure, le public le vit
bien lorsque Julienne Moroy, gardant sa distinction innée sous ses vêtements sombres,
attendit, sereine, imperturbable, ses premières
clientes.

Après quelques jours d'hésitation, à l'envi,
les dames moscovites se présentaient chez elle.
Toutes, subitement, avaient besoin d'un chapeau, d'une dentelle, d'une parure de bal.

Curiosité ou compassion, le magasin ne dés-
emplissait pas.

C'était une vogue, un engouement.

On essayait de la faire causer, d'obtenir une
explication, un détail.

Peine perdue !

Jamais une plainte, une récrimination ne lui

échappait. Ce passé était muré, il n'existait
plus. Elle-même recevait les commandes, essayait les modèles, tenait ses livres avec la
minutieuse exactitude d'une commerçante. Le
jour, sans trêve, elle se consacrait aux affaires.
Le soir, le magasin fermé, elle se vouait à sa
fille; sa fille, son luxe, sa plus forte dépense.
Tout pour Nadine, telle était sa devise, et cette
devise, mise en pratique dès les premiers jours
de son veuvage, fut appliquée pendant dix-huit
années consécutives.

Vers cette époque, Alexandre Dimitriowitch,
blessé, goutteux, obtenait sa retraite; sa présence, précieuse pour sa sœur, diminuait sa
solitude et arrêtait les persécutions dont elle
restait l'objet de la part des désœuvrés de la ville.

Dans l'impossibilité de veiller elle-même sur
Nadine, madame Moroy installait une gouver-
nante près de l'enfant; plus tard, en grandis-
sant, par crainte du pensionnat où des insinuations mauvaises ne lui seraient peut-être pas
épargnées, elle lui faisait donner, sous ses
yeux, une instruction soignée.

Sur les ruines de son bonheur, une fleur
croissait et s'épanouissait : sa fille.

Et les années s'ajoutaient aux années ; les premières remplies de difficultés matérielles, de soucis pécuniaires, d'angoisses atroces aux échéances trop lourdes ; les autres plus calmes, plus prospères, donnant à la courageuse femme la satisfaction de voir s'édifier, s'arrondir sou à sou sa modeste fortune.

Madame Libanoff, arrivée à un âge avancé, mourut en léguant trente mille roubles à sa chère Youlie. Cet héritage transporta de joie la petite famille. On pourrait donc liquider la maison et quitter la Russie. Ce rêve hantait Alexandre et sa sœur, car ils ne se dissimulaient pas qu'à Moscou ils rencontreraient, pour marier Nadine qui atteignait alors ses seize ans, des difficultés insurmontables.

Madame Moroy arrivée à Paris s'installa définitivement rue Demours, où, un soir, Sacha Dimitriowitch lui présenta Savinien Damaze...

.   .   .   .

.   .   .   .

.   .   .   .

A propos, ce Savinien Damaze, elle l'oubliait ! Que faisait-il donc ?

Se rappelant qu'elle était à Trouville et non

à Moscou, madame Moroy s'arracha à sa méditation.

Nadine et Savinien ne s'ennuyaient pas et
discutaient avec animation.

Ah! si elle pouvait réaliser son projet! Si
Savinien devenait son gendre, quelle joie! quel
triomphe!

Pas un aigle sans doute, l'héritier des Damaze, incapable de goûter Ovide ou de tra-
duire Lucain, pas une intelligence transcen-
dante, mais un être loyal et bon, qui ne
manquait ni d'esprit, ni d'attraits. Sa fortune,
du reste, lui faisait un piédestal assez enviable
pour pallier quelques défauts sans consé-
quence.

Oui, voilà bien le fils qu'elle ambitionnait
depuis longtemps.

Pourquoi pas, après tout?

A l'œuvre! Il fallait se mettre à l'œuvre tout
de suite, et sans trop tarder obtenir un résultat...

A dix pas, un homme contemplait avec
obstination le groupe formé par les deux cau-
seurs; ses sourcils se fronçaient d'une singulière façon à voir le visage de Savinien si près

de la tête de Nadine, que l'ombrelle de la jeune fille projetait là même ombre azurée sur leurs fronts radieux.

Ce spectacle gracieux le contrariait sans doute, car, à un certain moment, il ne put réprimer un geste de dépit.

Madame Moroy le regarda machinalement et tressaillit, tombant du haut de son rêve.

Cet homme, c'était Guy !

CHAPITRE XV

A quelques jours de là, mademoiselle Moroy prenait son bain ; Julienne lisait, un peignoir de flanelle blanche posé sur sa chaise.

La mer, houleuse, déferlait bruyamment sur le sable. Des quantités de barques sortaient du port les voiles gonflées ; d'autres, déjà au large, pêchaient, ressemblant à des mouettes géantes restées immobiles dans les profondeurs bleuâtres de l'horizon. Le bateau du Havre s'avançait avec sa majesté tranquille, lançant dans l'air limpide une colonne de fumée noire. Des baigneuses, suspendues à la corde, jetaient de petits cris nerveux suivis d'éclats de rire lorsqu'une vague, plus forte, les culbutait. Deux ou trois rangs de curieux les contemplaient, accompagnant de remarques malignes les baigneuses mouillées qui, d'un pas alourdi, regagnaient leurs cabines.

A son tour, Nadine s'avança ruisselante comme une naïade. Tout au bord de l'eau, une de ses espadrilles délacée lui fit faire un faux pas ; elle trébuchait, lorsqu'une main d'homme la retint fortement.

A la brusquerie de cette secousse, son bonnet de caoutchouc glissa, tandis que ses longs cheveux blonds s'éparpillaient sur son dos.

Honteuse, la jeune fille leva les yeux sur celui qui la secourait et rougit en reconnaissant le comte de Savergny.

Lui, qui avait senti sur ses mains la tiède caresse de cette toison parfumée, paraissait aussi troublé qu'elle ; il la saluait avec un respect courtois à l'instant même où Julienne, apercevant la scène, effarée, se précipitait entre eux, couvrant étroitement Nadine de son peignoir.

M. de Savergny s'éloigna.

Très-oppressée, madame Moroy entraînait sa fille vers le quartier des dames et la poussait dans l'étroite cabine où elle devait s'habiller.

— Que te disait-il? Que t'a-t-il dit, cet homme? demanda-t-elle.

— Absolument rien, mère, répondit Nadine surprise de cet émoi qu'un incident aussi insignifiant ne motivait guère. J'allais tomber devant deux cents personnes, il a empêché une chute, voilà tout!

Julienne ne se calmait pas. Il fallut lui répéter plusieurs fois l'histoire du cordon dénoué et du faux pas. Plongée dans sa lecture, elle n'avait pas remarqué la présence de..... de cet indiscret, quelle maladresse impardonnable!

Nadine, très-amusée, riait de ces exclamations.

— Décidément, maman, dit-elle, tu as de l'antipathie pour ce monsieur.

— Moi!

— Sans doute, toi; il me rend un service, et tu te désoles; sur le champ de course, il te salue, et tu pâlis; nous le rencontrons en voiture, dans l'avenue de Villers, et tu déclares à M. Savinien ne pas le connaître, c'est inexplicable!

Le cœur de Julienne se serra. Elle songea qu'un jour viendrait, jour prochain peut-être, où il faudrait révéler à cet enfant le mystère du passé.

— Je t'en prie, murmura-t-elle en levant sur sa fille ses paupières humides, je t'en prie, ne me parle jamais de cet homme.

— Tu pleures!

Nadine suspendit sa toilette pour entourer de ses bras nus le cou de sa mère.

— Oh! pardonne-moi, ma chérie, je suis une écervelée.

Et une teinte de tristesse assombrit son visage. Comprenant la nécessité de dissiper quelque supposition erronée, madame Moroy s'expliqua. Elle aimait tant sa Nadinette qu'elle devenait jalouse dès qu'on l'admirait. N'était-ce pas son bien le plus précieux? Elle frissonnait devant la perspective d'une séparation possible.

— Quelle séparation, maman?

— Le mariage, mignonne.

— C'est vrai! Rassure-toi cependant, celui qui m'aimera assez pour m'épouser ne me séparera pas de toi.

— Qui sait! fit Julienne rêveuse, la vie a ses exigences, et ses fatalités, ajouta-t-elle plus bas.

Dans l'après-midi, sous la tente où elles travaillaient toutes deux, Savinien, comme de coutume, les rejoignit; comme de coutume aussi, Guy passa et repassa, jetant un regard sur mademoiselle Moroy, sans paraître reconnaître son neveu, intrigué de ce manége.

A l'heure du casino, les promeneurs augmentèrent. Savinien aperçut son père et sa mère se dirigeant de leur côté.

Une idée lui vint aussitôt.

— Madame, dit-il à Julienne, autorisez-moi à vous présenter à mes parents. L'occasion est excellente, il serait fâcheux de la laisser échapper.

— Soit! mais quel accueil me fera madame votre mère? Je ne suis ni millionnaire ni de son monde.

— Vous recevrez, chère madame, l'accueil que vous méritez, que vous avez droit d'exiger de tous.

Là-dessus, Savinien s'éloigna.

M. et madame Damaze se trouvaient à une faible distance; lui, sérieux, affable, ses puissantes épaules un peu à l'étroit dans sa redingote noire, étoilée, à la boutonnière, d'un ruban rouge; elle, frêle, l'œil dur, la bouche

ironique du comte Horace son père, avec ce
teint blafard des blondes qui vieillissent. Son
costume, d'une irréprochable élégance, trahis-
sait la grande dame, dissimulant, avec un art
consommé, les disgrâces d'un buste étriqué,
d'une poitrine trop maigre.

Elle écouta jusqu'au bout la requête de son
fils, ce qui était d'excellent augure. Savinien
la traitait d'ailleurs plus en souveraine qu'en
mère. En ce moment, par extraordinaire, elle
se sentait d'humeur sociable et daigna, par
conséquent, accepter la proposition.

— Volontiers, montrez-nous vos amies; sont-
elles convenables?

Ce mot de convenable résumait pour madame
Damaze tout le code mondain. Elle divisait le
genre humain en deux classes : les gens
« comme il faut » et ceux qui ne l'étaient pas.
Riche, titré, célèbre ou simplement en vue,
vous faisiez partie du premier clan, les autres
n'existaient pas..... Inutile de lui démontrer
l'injustice, la partialité de ce classement. Esprit
obtus, cœur sec, elle ne revenait jamais sur ses
jugements. D'un coup d'œil, elle toisait un
homme; si son pardessus était défraîchi, sa

cravate mal nouée, il était jugé « inconvenant »,
ce monsieur!

— Mais, chère Yvonne, protestait le mari,
c'est un politique d'avenir, un savant éminent,
un artiste.....

— N'importe! il salue mal, c'est un ours!

Savinien ne se dissimulait pas l'importance
de la première impression produite par les
dames Moroy, comptant beaucoup sur le
charme incontestable de Julienne, davantage
encore sur celui de Nadine. Une victoire difficile n'est point une victoire impossible.

— Venez donc, chère mère, fit-il avec empressement, ces dames sont là.

— Oh! un instant! Je ne me dérange pas.

— Bien entendu! En continuant votre promenade, vous passez devant elles.

Ce programme se réalisa de point en point.

Savinien s'acquitta, avec correction, des pré-
sentations d'usage.

— Madame et mademoiselle Moroy.

— M. et madame Damaze.

M. Damaze, avec sa bonhomie habituelle,
trouva des paroles aimables pour vanter à la
mère la grâce de sa fille. Plus réservée, sa

femme cligna d'abord ses petits yeux gris avec sa nonchalante impertinence; pourtant, n'ayant rien à critiquer à leur mise, frappée de leurs avantages physiques, elle s'adoucit instantanément, et, après dix minutes d'entretien, on se sépara réciproquement enchanté, en apparence.

Nadine et Julienne reprirent, l'une son livre, l'autre sa broderie; Savinien demeura debout, arrangeant, pour le surlendemain, une excursion au prieuré de Saint-Arnoult, tandis que M. et madame Damaze s'éloignaient de la tente, suivant toujours les planches et se dirigeant vers l'estacade.

— Eh bien! c'est du propre, murmura madame Damaze, ne détestant pas, à l'occasion, et malgré ses affectations de miévrerie, la crudité de l'expression.

— A qui en avez-vous, ma chère Yvonne? questionna le mari, l'esprit perdu sur le chemin de l'usine.

Elle poussa un soupir indigné.

Comment! il ne comprenait pas? dans quel siècle vivait-on, Dieu du ciel! Quel oubli des convenances! quel manque absolu de principes!

— En effet, les principes, releva M. Damaze

d'un ton moqueur, il y a longtemps que nous
n'en avions parlé.

— Alors vous approuvez?

— J'approuve? Quoi donc?

— Les projets de Savinien.

— Ses projets? ma foi! je ne les soupçonne
pas... quels sont-ils?

Yvonne leva son ombrelle vers les nuages en
signe de protestation.

Le triste homme que ce Damaze, une conscience atrophiée, incapable de sentir certaines
piqûres qui ne lui échappaient pas, à elle, grâce
à son tact délicat.

De quels projets parlez-vous? répétait M. Damaze, ne prenant pas souci du silence boudeur
de sa femme occupée à se décerner un brevet
de clairvoyance.

— Vous serez toujours le même, déclara-
t-elle avec une moue dédaigneuse, esprit bourgeois et vulgaire.

— *Amen!* Si nous passions à la conclusion,
ma chère Yvonne?

— La conclusion est celle-ci, riposta-t-elle
aigrement : votre fils, pour notre malheur à
tous, vous ressemble, et il fera une sottise.

— Que vous prévoyez déjà?

— Parfaitement! Il épousera cette petite qu'il vient de nous présenter.

— J'avais la même idée, avoua philosophiquement M. Damaze.

— Et c'est là l'effet que ça vous produit?

— Quel effet voulez-vous que ça me produise? Elle est belle à ravir, cette enfant, intelligente, distinguée. La mère paraît fort bien; bref, Savinien pourrait plus mal choisir...

— Taisez-vous, vous me révoltez. N'avoir qu'un fils, lui laisser des millions, et ne pas souhaiter pour lui une alliance plus élevée! Manque-t-il de filles nobles?

— Qui, sans dot et pour éviter le couvent, guettent un mari riche? Eh! parbleu, non! il n'en manque pas! Où est la nécessité, pour Savinien, d'agir contre ses préférences? Il a le droit de choisir. Si son cœur le porte vers une femme de haut rang, je ne m'opposerai pas à son mariage; mais aussi, s'il aime une honnête fille plébéienne comme lui, comme nous, j'applaudirai des deux mains.

Madame Damaze, en dépit des convenances, haussa les épaules.

Ceci passait les bornes.

Il était heureux pour ce grossier personnage que cette discussion eût lieu dehors. Elle ne s'emporterait pas, quitte, au logis, à lui dire vertement sa manière de penser.

Au bout de l'estacade, elle aperçut le comte de Savergny, mélancoliquement appuyé au parapet. Elle savait déplaire à son mari en l'appelant ; aussi n'y manqua-t-elle pas.

— Cher Guy, venez donc, je vous prie, me distraire ; n'avez-vous rien d'intéresssant à m'apprendre ?

Le cher Guy leva la tête et se dérida à peine en reconnaissant Yvonne. Ses sourcils froncés, sa physionomie assombrie révélaient une préoccupation intense.

Pour éviter l'aimable compagnie de son beau-frère, Damaze s'esquiva aussitôt, prétextant un rendez-vous d'affaires.

— Ils seront plus libres pour m'abîmer, pensa-t-il en s'éloignant.

— Votre bras, Guy, demanda madame Damaze, et contez-moi vos chagrins.

— Je n'ai pas de chagrin ; une contrariété au plus !

—Concerne-t-elle votre Pluton ? Non ? Le jeu,
alors ? Vous savez, j'ai un remède pour ces
maux-là.....

— Merci. Il ne s'agit pas d'argent, mais de
votre fils.....

— Savinien !

Le comte se rapprocha, et d'une voix étouffée :

— Vous ne vous apercevez donc de rien ?
Depuis dix jours, on ne cause que de ce petit
monsieur, au cercle, au casino, sur la plage.

— Tu m'effrayes, s'écria la mère, mets-moi
au courant.

— Pas ici, l'endroit ne convient pas aux confidences : sachez seulement que ce gamin se
compromet avec des dames Moroy, des aventu-
rières, des coureuses de stations balnéaires.

Un groupe de promeneurs les croisait.

Yvonne contint son mécontentement. Ce po-
lisson de Savinien, quelle audace de la présenter, elle, sa mère, elle, une Savergny, à de
pareilles gens !

Guy se taisait, lui aussi, cherchant comment
il s'y prendrait pour séparer, sans se trahir,
Nadine et Savinien, dont l'intimité croissante le
mettait au supplice.

CHAPITRE XVI

— Alors, vous êtes fâché, mon oncle?

— Qu'est-ce qui te le fait supposer?

— Votre attitude vis-à-vis de moi. Hier, au salon, vous m'avez fort mal reçu; sans l'affection que je vous porte, sans le respect que je vous dois.....

— Tu m'aurais envoyé tes témoins, peut-être?

— C'est possible.

Ce dialogue avait lieu dans l'appartement du comte de Savergny, aux Roches-Noires.

Frappé, depuis plus d'une semaine, de la froideur de Guy, de sa persistance à se trouver sur ses pas, chaque fois que lui-même s'entretenait avec les dames Moroy, Savinien essayait vainement d'obtenir une explication. Peine inutile! Guy lui échappait sans cesse. Plus de poignées de main amicales, de causeries intimes;

une réserve glaciale, le parti pris de s'éviter, des sous-entendus blessants à l'occasion, telles étaient les aménités réservées par le comte à son cher filleul.

La susceptibilité du jeune homme s'éveilla. Il se souvenait de leur dîner le jour des courses, de ses propres confidences, et une crainte, vague d'abord, plus précise ensuite, finit, à la longue, par l'étreindre comme un cauchemar.

Guy aimerait-il, par hasard, une des dames Moroy? Mais alors, laquelle? Pourquoi ne s'approchait-il pas? Pourquoi évitait-il les rencontres directes, feignant de ne pas le connaître, lui, Savinien, et se contentant d'une surveillance à distance?

Quel mystère se cachait là-dessous?

Trop franc, trop généreux pour garder ce doute, le jeune homme aborda son oncle au cercle.

Un malentendu se dissipe vite; en somme, il ne savait rien de positif sur la cause de cette rancune.

Guy sortait de chez madame Damaze et paraissait de méchante humeur. Sa froideur, ses sarcasmes blessèrent Savinien, qui riposta. Tout

haut, avec son impertinence habituelle, le comte
continua son persiflage, terminant par une
semonce touchant le danger de certaines relations.

Très-froissé, Savinien ne pénétra pas pourtant
le sens exact de ces insinuations, qui faisaient
rire bruyamment le gros baron rouge et pansu,
tandis que près de lui, M. de Savolle, l'insépa-
rable, l'âme damnée du comte, souriait du bout
des lèvres pour ne pas montrer ses dents gâtées.

A la suite de cette altercation, Savinien,
s'entêtant à obtenir un éclaircissement, se
rendit aux Roches-Noires ; Guy, encore à sa
toilette, ne fit nulle difficulté pour le recevoir.

Après l'exclamation de Damaze au sujet des
témoins : « C'est fort possible ! » il y eut un silence.

M. de Savergny, nerveux, restait étendu dans
un fauteuil, occupé à déchirer les bandes de
deux ou trois feuilles parisiennes posées sur un
guéridon à portée de son bras.

Le neveu, debout, le dos à la cheminée, réfléchissait en suçant le bout d'écaille de son
stick.

Il se décida enfin, devant le mauvais vouloir évident de son adversaire, à aborder le point capital.

— A qui donc faisiez-vous allusion, hier, mon oncle, en me mettant si charitablement en garde contre les relations compromettantes?

— Ne fais pas l'innocent! Tu sais de qui je voulais parler.

Non, en vérité, il l'ignorait. Cette critique lui semblerait juste s'il fréquentait des gens douteux, des femmes légères; en ce moment, le reproche arrivait mal, les personnes qui l'admettaient dans leur société étant au-dessus du soupçon.

— En es-tu sûr? répondit le comte avec une intonation sardonique.

Ils se redressaient tous deux, se mesurant du regard. De leur ancienne affection, plus la moindre trace; ce n'étaient plus des parents, encore moins des amis, mais des rivaux haineux, indignés.

Dans cette lutte, Savinien possédait moins de sang-froid; par nature, il préférait les moyens conciliants; aussi tenta-t-il encore un effort.

— Je vous en prie, expliquez-vous, il y a un malentendu dans tout ceci.

Guy gardait ses façons arrogantes.

— J'en doute, répliqua-t-il sèchement ; l'amour te tourne la tête, tu ne vois pas les filets dont t'enlacent les sirènes. Tant pis pour toi ! Je t'ai averti, je m'en lave les mains.

— Est-ce vraiment madame Moroy que vous jugez ainsi ?

— Parbleu !

— Eh bien, vous avez tort, vous ne la connaissez pas, vous la calomniez indignement.

Un rire bruyant coupa la parole au jeune homme.

Il maîtrisa pourtant sa colère, bien que cette gaieté intempestive souffletât, lui semblait-il, Nadine et sa mère.

— Écoutez, mon oncle, reprit-il avec gravité, je ne sais le but que vous poursuivez, ni quelle animosité subite vous anime contre moi, mais je tiens à vous affirmer que la famille dont nous parlons est des plus honorables, et j'entends la faire respecter.

— Vraiment, mon cher ? je déclare, moi, ta prétention excessive.

— Je prouverai le contraire!

— Comment?

— En avouant hautement mon intention formelle de solliciter la main de mademoiselle Moroy.

Un journal à demi plié s'échappa des doigts du comte, une pâleur soudaine couvrit ses traits.

— Nadine! tu épouserais Nadine!

— J'épouserais mademoiselle Moroy, répéta Savinien lentement, les yeux rivés sur M. de Savergny dont le trouble ressemblait fort à un aveu.

Un silence, plus embarrassant que le premier, régna dans la pièce. Tourné vers la fenêtre, Guy tambourinait sur les vitres, contemplant la buée vaporeuse qui flottait au-dessus de la mer, et dans cette buée, les voiles rougeâtres des barques hollandaises qui louvoyaient pour pénétrer dans le chenal, montrant leur carène noire.

— Retenez ceci, mon bon, dit brusquement M. de Savergny, vous n'épouserez pas Nadine.

Savinien se cabra, exigeant, en termes vifs, la raison de cette défense.

Guy n'avait pas, prétendait-il, de raisons à fournir. Depuis des années, une convention survenue entre lui et l'industriel d'Andelle, pauvre encore, établissait que le jeune Damaze, parvenu à l'âge d'homme, consulterait son parrain sur le choix d'une compagne, moyennant quoi ledit parrain l'instituerait son légataire universel.

— Emporté par votre folle passion, poursuivit le comte, vous n'avez même pas songé à agir poliment vis-à-vis de moi. A mon tour, j'use de mon droit en vous prévenant que ce mariage n'a pas mon approbation, parce qu'il ne réunit pas les conditions essentielles que nous souhaitons pour votre établissement.

— Tant de sollicitude me confond, riposta Savinien incrédule. Le consentement de mon père me paraît suffisant, et je puis me passer de l'agrément des autres.

— Prends garde!

— A quoi donc, je vous en prie?

— Je te déshériterai.

— Vous me ferez plaisir; les millions de papa sont déjà assez encombrants.

Le comte froissa les papiers qu'il tenait, et,

comme le neveu récalcitrant s'apprêtait à sortir,
il le retint d'un signe.

— Ne saurais-tu te montrer raisonnable? in-
terrogea-t-il d'un ton adouci. Renonce à ce
projet, je t'en conjure... Tu vois, je m'humilie,
n'abuse pas de cette faiblesse... Avec ta fortune, la position de ton père, tu peux choisir
ta femme parmi les plus riches, les plus belles...
Qui te presse? Tu es si jeune encore! Attends.
réfléchis, ne livre pas si vite ton existence à
cette loterie terrible du mariage! Tu la connais à peine, cette jeune fille; sans doute,
sa grâce t'a séduit, mais est-ce là une tendresse durable? Se doute-t-on, à ton âge, de ce
que c'est que la passion? la vraie, cette passion tardive, âpre, éperdue, poignante, qui
vous saisit et vous terrasse lorsque la jeunesse
fuit, que les cheveux grisonnent, que l'avenir
se rétrécit? Non! tu ne l'aimes pas! Laisse-la
passer, cette enfant! Ne trouble pas sa quié-
tude, n'effeuille pas ses joies, ne la condamne
pas à pleurer si tôt sur ton indifférence et tes
lassitudes!...

Guy s'arrêta subitement, honteux de son
émotion involontaire.

Très-pâle, Savinien ne bougeait pas.

— Veuillez me pardonner, mon oncle, dit-il avec effort, je ne puis céder à votre vœu.

Déjà M. de Savergny reprenait son air hautain.

— Va, fit-il avec un geste pouvant passer pour un congé ou un adieu, fais à ta guise!

CHAPITRE XVII

Une voiture trouvillaise, calèche de louage, avec le parapluie blanc traditionnel, bordé de franges grisâtres, déposait quatre voyageurs à l'entrée de l'étroit sentier coupé d'ornières qui monte vers l'ancien prieuré de Saint-Arnoult.

Savinien Damaze, après avoir lestement sauté à terre, aidait madame Moroy à descendre, et rendait le même service à Nadine, non qu'elle en eût besoin, mais parce qu'il trouvait l'occasion de lui serrer le bout des doigts. Alexandre Dimitriowitch, chargé d'ombrelles et de châles, venait le dernier.

L'excursion promettait d'être charmante.

On venait de quitter la route de Pont-l'É-vêque, suivie depuis Trouville; route animée par le va-et-vient continuel des équipages, des piétons, des cavaliers, encombrée par les char-rettes des paysans et les troupeaux de bœufs

que des bouviers robustes, le fouet sur l'épaule,
poussaient, avec des jurons, vers les prairies
arrosées par la Touques.

Sur la rive, parmi l'herbe drue et les ma-
driers, les barques en chantier, à peine équar-
ries, montraient leurs coques rondes; là-bas,
là-bas, vers l'entrée du port, au bout de la rivière irisée et bordée de verdure pâle, les gros
mâts, les agrès se découpaient sur le ciel.

— Regardez donc, mademoiselle, dit Savinien.

Nadine ne voyait rien, pas même le fameux
prieuré.

— Il est caché par les arbres, lui expliqua
le jeune homme; mais levez les yeux, là-haut,
sur le mont Canisy, n'apercevez-vous pas des
pans de murailles? C'est le château de Lassay;
nous y monterons tantôt, et vous poursuivrez,
si bon vous semble, l'ombre de mademoiselle
de Montpensier, l'héroïne de la Fronde, celle
du comte de Lauraguais, le collaborateur de
Lavoisier, l'auteur d'une *Clytemnestre* que je
n'ai jamais lue, et d'une *Jocaste* que je ne connais pas davantage.

— Quelle érudition !

— Attendez! C'est, dit-on, dans ce même manoir de Lassay que la belle Sophie Arnould, la célèbre actrice de l'Opéra venait, vers l'an de grâce 1775 ou 78, se reposer de ses triomphes. En cherchant bien, nous trouverons peut-être dans les celliers, dans les vieilles armoires, — si toutefois il en reste, — les défroques de ses grandes créations : manteaux de cour, pourpoints de satin ou toques de page qu'elle portait si bien.

— Bravo! bravo! faisait gaiement mademoiselle Moroy, qui, ne connaissant ni l'indolence, ni la rêverie, ni la sentimentalité, s'amusait de tout comme une enfant.

— Moqueuse! reprit Savinien. Un cicerone-archéologue vous racontera tout à l'heure l'histoire de ce coin de terre, et il ne passera, je vous le garantis, ni une pierre, ni une date. Seulement, ajouta-t-il en baissant la voix, nous laisserons madame votre mère écouter ces explications fastidieuses pour causer d'autre chose. Est-ce convenu?

Prenant cette demande pour une gaminerie, Nadine acquiesça par un signe.

On pénétrait dans l'enceinte de l'ancien cou

vent. Une fraîcheur tombait des futaies, un silence presque absolu planait sur cette solitude
quasi sauvage, aux allées pleines de mystère.

L'eau des deux fontaines Saint-Clair et Saint-
Arnould filtrait dans un mauvais bassin de ma-
çonnerie.

Un rayon de soleil glissait entre des nuées
d'orage, illuminait les pierres fauves d'une tour
romane délabrée, et, perçant la voûte de feuillage qui sert de toit à l'abbaye, dansait sur les
dalles usées, autour des chapiteaux, des colonnes, miroitait sur les pleins cintres, pour
s'échapper, furtif et pâle, par les fenêtres
béantes ouvertes sur la colline.

Et jolie, cette colline, avec sa végétation vi-
goureuse, où les tons variés, depuis le hêtre
pourpre, le vert noir des pins, se mêlaient aux
branchettes vert tendre des arbrisseaux infé-
rieurs ; çà et là, d'une touche encore légère,
l'automne rouillait les haies et les ravins, prêtait
aux peupliers, debout près des eaux courantes,
des tons clairs d'oranges non mûries, et semait
sa poudre d'or sur les cimes des grands arbres.

— Un vrai paradis, prétendait Nadine, avec
un peu d'ironie.

— Avec vous, soulignait Savinien.

Le gardien, en Normand soucieux de son estomac, achevait son café. En l'attendant, on se promenait dans les avenues herbeuses et à demi effacées; on tournait autour des pilastres vermoulus où les spectres du moyen âge semblaient encore blottis.

Les jeunes gens, en avant, humaient avec volupté l'air pur chargé de senteurs végétales, savourant surtout la joie qu'ils sentaient sourdre en eux-mêmes. Julienne restait volontairement en arrière avec son frère. Elle s'attardait à cueillir les fleurettes des gazons incultes, à examiner la plante poussée dans l'interstice des ruines, à déchiffrer les inscriptions banales creusées par le couteau des visiteurs sur ces débris séculaires, pendant qu'à ses côtés, Alexandre lisait le dernier numéro d'une petite gazette militaire qui lui venait de Russie, lui apportant à douze cents lieues de distance la vision nette du pays, des habitudes rompues, des menues satisfactions de sa vie active.

—Il faut réussir, il faut hâter la décision de Savinien, pensait madame Moroy. Un danger flotte

autour de nous. Une déclaration de M. Damaze
le conjurera peut-être!

En effet, la présence prolongée de Guy à
Trouville l'alarmait. Pourquoi ne partait-il
pas? Pour lui, les courses finies, quel attrait
conservaient les bains de mer?

Elle aussi songeait à regagner Paris, mais
quelle raison donner à sa fille pour motiver
cette fuite précipitée, leur maison étant louée
jusqu'au 15 septembre? D'ailleurs, empêche-
ment plus grave, Savinien restait. Savinien
empressé, amoureux, finirait par parler. Obtenir ce résultat, arranger cette union devenait
l'idée fixe de cette mère menacée sans cesse
dans son honneur par un malheur latent, et
désireuse d'assurer à son enfant un nom, une
position stables.

Ces projets se heurtaient dans son cerveau;
elle oubliait le but de la promenade.

Derrière elle, la voix sonore du gardien, voix
emphatique d'un homme persuadé de son importance, la tira de sa méditation.

— Mesdames et messieurs, nous commen-
çons!

— Je ne vois plus Nadine ni Savinien, dit

madame Moroy. Savez-vous, Sacha, quelle direction ils ont prise?

Sacha ne savait pas non plus, il se croyait encore sergent à l'école militaire, il commandait un exercice, et ne s'intéressait à rien au monde autant qu'à un mouvement bien exécuté.

Les jeunes gens venaient de disparaître derrière les buissons.

Madame Moroy et son frère rejoignirent alors une vingtaine de touristes groupés autour du gardien. Celui-ci, par genre sans doute, agitait un trousseau de clefs comme s'il devait, dans ces bâtiments à ciel découvert, ouvrir les portes sculptées du palais de Blois ou les serrures compliquées du château de Chenonceaux.

Après avoir toussé trois fois, en orateur pénétré de son rôle, celui que Savinien nommait plaisamment l'archéologue commença au milieu du recueillement général :

— Mesdames et messieurs, avant de vous décrire les ruines du prieuré de Saint-Arnoult, il me paraît utile de vous retracer, à grands traits, l'histoire de cette contrée de la Touques, c'est-à-dire du château ducal et de la forteresse

qui, après avoir conquis une prépondérance
capitale à cette région, l'ont couverte de décom-
bres... « En 1087, Guillaume le Roux s'embarqua
à Touques pour recueillir l'héritage paternel ; en
1099, il y débarqua pour châtier les Manceaux
révoltés. En 1139, lors des guerres pour la
succession de Henri Ier, Geoffroy Plantagenet,
comte d'Anjou, ravagea le pays d'Auge et se
prépara à faire le siége du château de Bonne-
ville [1]. »

— Nadine ne revient pas, se disait madame Moroy, indifférente à ce déluge de
dates.

Des promeneurs arrivaient : baigneuses connues, demi-mondaines, escortées de cavaliers
compassés ; c'étaient, dans cet espace étroit,
un frou-frou de jupes, un chatoiement de couleurs, avec le battement d'aile des éventails et le
chuchotement des conversations intimes.

— « Ce fut à Touques que Henry V, roi d'An-
gleterre, débarqua le 1er août 1417 », poursuivait le gardien.

— *All right!* approuva un Anglais, portant

---

[1] Extrait de l'*Histoire de Touques* (*Normandie illustrée*),
pour toutes les citations historiques.

une énorme jumelle dans son étui de cuir jaune.

Modestement, l'homme aux clefs s'inclina.

— « En 1545, reprit-il d'un ton plus convaincu, François Ier fit séjour ici pour le plaisir de la chasse. En 1590... »

— Oh! assez, souffla un élégant occupé, à travers son monocle, à examiner ses voisines, j'ai déjà mal aux nerfs; qu'en dites-vous, de Savolle?

— Moi, rien, riposta M. de Savolle, un grand blond, insignifiant, affecté d'un tic nerveux; je n'entends jamais ce qui m'ennuie; je regarde...

— Quoi donc?

— Le cheval qu'emmène ce magot de Gibbs. Une belle bête, hein? pas Gibbs, mais Pomponette à de Savergny.

— Le comte? Devait-il venir?

— Je ne sais trop, il courait après son diable de neveu; peut-être a-t-il su qu'il était ici.

— Je n'ai pas aperçu Damaze, pourtant.

— Vous êtes myope, alors, mon bon, répliqua de Savolle, dont l'œil mort ne s'animait d'habitude qu'à table devant une bouteille de

saint-marceaux et un plat convenablement
truffé; moi, je l'ai surpris, là-bas, en train de
flirter avec la petite Russe.

Ils firent quelques pas à l'ombre; le soleil
brûlait, en dépit des gros nuages violacés,
glissant sur l'azur. Derrière eux, la nomen-
clature des faits historiques continuait rapide et
sèche.

— « Ici, messieurs, nous nous trouvons sur
la rive opposée au vieux Touques, c'est-à-dire
dans le prieuré de Saint-Arnoult, situé au bas
de la colline couronnée jadis par le château de
Lassay.

« Voici des vestiges de tous les âges, vestiges gothiques et pseudo-romans. Admirez ce
reste de promenoir, ces clochetons bulbeux sur
cette tour carrée, ces trois colonnes corin-
thiennes, décorées d'acanthes, ces fines arca-
tures. Ces constructions, œuvres d'artistes
anonymes, remontent au onzième siècle. »

A dix mètres du groupe des touristes, derrière
un rideau d'ifs, mademoiselle Moroy et Savinien
se promenaient comme deux amis. Elle n'était
pas inquiète de son isolement relatif, la jolie
Nadine, tant elle prenait d'intérêt aux confi-

dences de son compagnon! Entre les char-
milles, trouées et mangées par les chèvres,
elle apercevait le profil de sa mère, les figures
attentives des excursionnistes, le veston de
M. de Savolle, çà et là un bout de ceinture
secoué par le vent, un volant de batiste, un
chapeau excentrique entortillé de gaze rouge;
les phrases du gardien, coupées par un rire, par
un mot d'esprit, leur parvenaient distinctes,
ronflantes comme si elles étaient grossies par
l'écho.

— Vous ne sauriez repousser mes vœux, mademoiselle, répétait Savinien avec une insis-
tance passionnée. Je me montrerai si bon, si
dévoué..... Vous me croyez léger; peut-être? Je
l'ai été, je ne le nie pas, parce que je n'avais
personne à aimer. Mon père est trop occupé de
son commerce, ma mère l'est trop d'elle-même,
je ne me plains pas.....

Un bruit, un piétinement de pas s'élevait. La
foule, foule composée maintenant d'une vingtaine de personnes, affluait vers un autre point,
et le timbre enroué du cicerone s'affaiblissait à
cette distance.

— « Cette nef, entièrement détériorée au-

jourd'hui, a été rebâtie vers la fin du quinzième
siècle. »

— Non, je ne me plains pas, reprenait Savinien, je constate seulement que j'ai grandi dans
l'isolement, privé de ces bonnes caresses si nécessaires à l'enfance. Ah! Nadine, ma chère
Nadine, écoutez-moi!

— Je suis pauvre, murmura la jeune fille;
dans cette pauvreté relative, vos parents ne
verront-ils pas un obstacle insurmontable?

Lui avait réponse à tout; son père était si
bon, si généreux! Que désirait-il, sinon son
bonheur?

— « Voici une piscine romane, disait-on
derrière eux; sous le chœur s'ouvre une crypte
très-ancienne. »

— Quels gens insupportables avec leurs an-
tiquités! s'écria le jeune homme.

— On a commencé sans nous! remarqua
naïvement mademoiselle Moroy, rejoignons
maman.

Damaze s'opposa à ce projet.

On était si bien dans ce coin ombreux, loin,
des pédants, enveloppé dans l'atmosphère
chaude de cette campagne paisible, bercé par

la plainte monotone des grillons et par les rumeurs indistinctes qui montaient de la plaine !
Seuls, les insectes perdus dans les fougères, les
moineaux sautillant sur les branches, écoutaient
ce que chuchotaient les amoureux. Un banc se
trouvait là, verdi de mousse, branlant, à demi
pourri, caché dans une niche de verdure, en-
vahie, d'un côté, par une vigne vierge.

Savinien y fit asseoir Nadine.

La même émotion les gagnait, émotion puissante, qui exalte et grise les jeunes têtes, émotion qu'on croirait provenir d'un parfum invincible et trop capiteux, tant elle est capable, en
une minute, de compromettre une destinée.

Nadine ne riait plus, une flamme courte
s'allumait dans ses yeux, un peu d'effroi précipitait les battements de son cœur et pâlissait son
visage recueilli. Elle demanda de nouveau à
retourner près de sa mère.

— Pas avant que vous ne m'ayez répondu, fit
Savinien. Vous le savez, je vous aime de toute
mon âme, je vous aime respectueusement,
saintement, je ne comprends plus la vie sans
vous... Dites, voulez-vous être ma femme, ma
femme bien-aimée, ma femme adorée ?

Suppliant, presque à genoux, il avait, en achevant ces mots, posé ardemment ses lèvres sur les doigts mignons qu'il serrait.

— Tu choisis bien ton temps pour tes déclarations, jouvenceau, exclama une voix mordante.

Damaze se releva d'un bond, le front empourpré, prêt à châtier l'insolent.

— Mon oncle! s'écria-t-il en reculant d'un pas.

— Moi-même, beau neveu, répliqua Guy avec ironie, désolé de te déranger, mais tu ne remarques pas que de grosses gouttes de pluie commencent à tomber? mademoiselle te devra un rhume.

La jeune fille demeurait immobile, surprise d'apprendre que son admirateur silencieux était le proche parent de Savinien.

Guy se tourna vers elle, s'inclina très-bas, et d'un ton respectueux et doux, contrastant avec sa mâle prestance :

— Madame votre mère vous cherche, mademoiselle, j'ai cru deviner son inquiétude... Si vous voulez me faire l'honneur d'accepter mon bras, je vous...

Damaze, ahuri un instant, se secoua.

— Pardon, dit-il d'une voix ferme, je me charge de reconduire mademoiselle.

Le comte lança sur son neveu un regard si chargé de haine que Nadine s'effraya.

— Ce n'est pas à toi que je m'adresse, riposta-t-il durement.

Il ajouta :

— Daignez, mademoiselle, ne pas repousser ma prière.

La jeune fille éprouva deux ou trois secondes de cruel embarras. Certes, elle chérissait Savinien ; mais cet homme, cet homme suppliant et fier, la magnétisait, la fascinait... Que faire ?

— Non ! cela ne sera pas, protesta Savinien avec un réveil d'énergie ; mademoiselle Moroy est ma fiancée, c'est à moi, à moi seul, qu'elle donnera le bras !

Il s'empara avec autorité de la main tremblante de Nadine, la passa sous son bras, souleva légèrement son chapeau, et, passant devant M. de Savergny, il dit avec une crânerie impertinente :

— Monsieur le comte, je me tiens à vos ordres !

CHAPITRE XVIII

L'inquiétude de madame Moroy fut grande en apprenant l'incident survenu au prieuré. L'intervention de Guy, sa parenté avec la famille Damaze lui paraissaient de mauvais augure.

Quel but poursuivait-il donc? Voulait-il empêcher le mariage de son neveu? Agissait-il pour son propre compte sous une impulsion irrésistible, qui le portait à se rapprocher, en dépit de la présence de Julienne, de l'adorable jeune fille qui l'avait ensorcelé d'un regard?

Savinien s'appliquait à rassurer ses amies, et ce soir-là, au retour de la promenade, surexcité encore par la querelle, il demandait formellement la main de mademoiselle Moroy. Le plus difficile restait cependant à accomplir: faire accepter ce projet à ses parents, dé-

cider son père à une démarche officielle ; le
jeune homme ne doutait pas du succès, tant la
passion lui enflammait la tête et les sens, depuis surtout que Nadine, sortant enfin de sa
réserve, venait, devant sa mère, de lui dire
avec émotion :

— Oui, je vous aime, ami, je vous aime depuis longtemps !

Lorsque, reconduit par Alexandre, Savinien
se fut éloigné, non sans se retourner souvent,
Nadine, restée dans la salle, se jeta en pleurant
dans les bras de Julienne.

— Oh ! que je suis contente, maman ! Que
je suis heureuse !

Ce contentement, chez elle, se traduisait par
des sanglots et des baisers convulsifs.

Deux larmes mouillèrent les paupières de
madame Moroy. Dans une vision rapide, elle
se revit à l'âge de sa fille, là-bas, à la Salenka,
lorsqu'elle attendait, le cœur plein d'illusions
et de tendresse, l'arrivée de Guy, son fiancé.

— Pourvu que nos destinées ne se ressem-
blent pas, pensait-elle en emprisonnant sa Nadinette dans une étreinte caressante.

— C'est la revanche, ma sœur, dit derrière

les deux femmes enlacées la voix émue de Dimitriowitch, le jour de la récompense approche.

Elles se retournèrent la main tendue.

— Oh! n'est-ce pas, mon oncle?

— Crois-tu, frère?

— Je le crois fermement, répéta-t-il avec
cette exaltation contenue qui est un des caractères distinctifs du Slave. Savinien est une
nature loyale, il vaincra les résistances s'il en
rencontre.

Le jeune Damaze regagnait à la hâte l'hôtel
de Paris. Le dîner n'étant pas sonné, il frappa
chez son père.

— Entrez! répondit le négociant penché
sur un bureau, et inscrivant les adresses de
cinq ou six lettres déjà terminées et placées près
de lui. Ah! c'est toi, fiston, accorde-moi une
minute.

Savinien prit un siége, arrêtant dans sa pensée les choses justes et touchantes qu'il lui faudrait dire pour gagner sa cause.

— C'est fini! s'écria M. Damaze avec un
soupir de satisfaction. Le temps me semble si
long ici, cette oisiveté m'est mortelle! Tu sais,

je regagne Andelle à la fin de la semaine. Toi,
tu resteras avec ta mère si tu le préfères, et
vous reviendrez avec Guy.

Cet arrangement ne convenait pas à Savinien.

— Père, déclara-t-il avec empressement, si
vous le permettez, je partirai avec vous.

Le visage de l'industriel s'éclaira.

A la bonne heure! Son garçon devenait raisonnable, il ne dédaignait plus les affaires.

Adroitement, l'autre, profitant de ces bonnes
dispositions, aborda la question du mariage. Il
se prétendit fatigué des plaisirs frelatés, sou-
haitant avec ardeur une femme aimante, distinguée, un foyer riant, heureux, que des diablo-
tins blonds et roses animeraient de leur babil.

— Tu as donc trouvé l'ange de tes rêves?
demanda M. Damaze intrigué.

— Oui, j'aime une jeune fille adorable et...

— Elles sont toutes adorables avant le mariage, mais après!

— Celle-là fera exception.

— Bien entendu... et tu la nommes?

— Mademoiselle Moroy.

— Bon! Ta mère devinait juste, car il y a

12.

quelques jours, en prévision du cas, elle me
gratifiait d'une scène à ce sujet. Prends-y garde!
Tu auras du mal à la décider.

— Parce que...?

— Pas de particule, pauvret, c'est un vice
rédhibitoire.

Avec sa chaleur communicative, Savinien
raconta alors la manière dont il avait été admis
chez madame Moroy, parla de leurs relations
amicales, des observations relevées par lui sur
leur genre de vie, de son affection grandissante.
Il vanta la supériorité de Julienne, les attraits
de Nadine, et finit par déclarer bravement qu'il
épouserait mademoiselle Moroy ou resterait
célibataire. Oui, célibataire comme mon oncle
de Savergny.

— Ne te compares pas à lui, dit M. Damaze,
surtout ne l'imite pas, laisse-le pâlir sur ses
cartes, achever de se ruiner pour ses chevaux.
Toi, tu as un rôle d'homme à remplir. Soit!
marie-toi, épouse Nadine Moroy, puisque tu
l'aimes, répudie toutes les folies, viens m'aider
à la fabrique, viens t'intéresser à la tâche quotidienne, à la prospérité de notre usine, au
bien-être de nos ouvriers, et donne-moi, par

surcroît, une demi-douzaine de petits enfants!

Très-ému, Savinien secoua la main de son père.

— Je vous dois toute la vérité, reprit-il : elle est pauvre relativement à nous.

— C'est le moindre de mes soucis. Je m'étais toujours promis de te laisser choisir ta femme ; riche, elle aurait été la bienvenue ; sans dot, elle sera deux fois ma fille bien-aimée.

Ce consentement donné en principe, M. Damaze présenta quelques observations, se réservant de prendre les précautions nécessaires, les informations voulues sur la famille, ses antécédents, ses moyens d'existence. Savinien, confiant, approuvait sans restriction. Il ne craignait rien de ce côté, sachant ses amies irréprochables.

On convint ensuite de la tactique à suivre pour tourner la mauvaise volonté de madame Damaze. De ses relations tendues avec le comte, de la scène du prieuré, Savinien ne souffla mot.

La cloche de l'hôtel interrompit cet entretien.

Le père et le fils descendirent, mutuellement satisfaits.

Madame Damaze, installée à sa place, les
reçut fort mal. Elle boudait son mari depuis
son entretien avec Guy, et en voulait davantage encore à son fils pour l'avoir présentée à
des personnes douteuses. Comme elle gardait
le silence sur le motif de sa rancune, ces messieurs, la supposant reprise d'un accès d'humeur noire, incident passé à l'état d'habitude,
se dispensèrent de l'interroger.

— Dites donc, cher père, si j'allais faire un
tour sur la plage, insinua tout bas Savinien dès
que le dîner fut terminé, je la verrais peut-être!

— Va, va, mon cher, répliqua Damaze sur le
même ton confidentiel, très-heureux de voir à
son fils un amour vrai, jeune, purifiant, alors
que, plus d'une fois, il avait songé avec angoisse à l'influence pernicieuse que son beau-
frère exerçait peut-être sur lui.

L'industriel se tournant vers madame Damaze lui demanda avec courtoisie si elle ne
pourrait lui accorder une heure d'entretien.

— Quand vous voudrez!

— Eh bien, ma chère Yvonne, je fume un
cigare sur la terrasse, et je me rends près de
vous.

Une demi-heure après, M. Damaze entra chez sa femme. Il la trouva en toilette d'appartement, étendue sur une causeuse devant un feu clair, car les dernières soirées d'août devenaient très-fraîches.

En la voyant nonchalante et maussade, les lèvres pincées par un rictus amer, ses formes grêles enveloppées d'une robe de chambre de cachemire gris, garnie de valenciennes, il se demanda si vraiment c'était là la femme adorablement blonde qu'il avait tant aimée il y a vingt ans.

L'opulente chevelure n'avait pas résisté à une première maternité, pas plus que la tendresse exaltée de la lune de miel ne survivait aux frottements quotidiens.

Il l'avait aimée, cependant, cette Yvonne rencontrée au temps de sa pauvreté laborieuse, lorsque seul, sans protection, sans amis, il organisait une toute petite fabrique, que chaque échéance trop lourde menaçait d'emporter à la dérive.

Elle, Yvonne, dans son château princier planté au-dessus de l'usine, lui faisait l'effet d'une divinité bienfaisante dont l'œil bleu,

voilé de tristesse, suivait ses efforts, approuvait ses succès. Et quelle ivresse l'avait gagné, le jeune patron, en comprenant que cette
fille noble l'aimait! L'amour d'Yvonne le douait
d'une force sans pareille, lui mettait aux mains
un levier puissant qui d'en bas, de la foule
des humbles, lui permettait de rebondir jusqu'aux sommets! Hélas! qu'était-il survenu?
D'où provenaient ces ferments de discorde, ces
antipathies sourdes qui, dès le début, désunis-
saient leurs cœurs, mettaient en révolte leurs
esprits imbus de doctrines trop différentes?

L'amour, avec son feu divin, rapproche en
effet, pour une heure, des caractères opposés,
des âmes qui n'ont ni la même foi, ni les mêmes
rêves; mais la nature de chacan reprend tôt ou
tard ses droits; cette nature, avec sa force inconsciente, sa brutalité même, se sépare vio-
lemment de tout ce qui lui cause une gêne, une
entrave, une répulsion.

Ces idées traversaient l'esprit du négociant
tandis que debout, les semelles au feu, il attendait, sans impatience, que sa femme trouvât
bon de fermer le livre qu'elle semblait lire. Il
se donnait, d'ailleurs, la moitié des torts, ce

brave Damaze, accusant sa rudesse native, son
éducation incomplète d'avoir froissé cette plante
délicate qui était Yvonne de Savergny.

Les affaires aussi sont une passion; cette
passion l'avait détourné de l'autre.

Et une pitié lui venait pour cette femme ma-
niaque, acariâtre, en somme bien négligée par
lui, et qui, restée honnête, lui avait donné jadis
la plus grande preuve d'amour qu'une jeune
fille puisse offrir : faire, elle, la privilégiée,
l'aveu qu'il n'osait risquer.

— Voyons, ma chère Yvonne, dit Damaze
tout à coup, êtes-vous disposée à m'entendre?

Elle se souleva sur le coude, continuant à
lire des yeux.

— Est-ce bien utile?

Les réflexions rétrospectives, auxquelles il
échappait à peine, lui laissaient une dose de
résignation suffisante pour supporter bien des
boutades.

— C'est très-urgent, en effet, mon amie; il
s'agit de notre fils, de son avenir; il désire se
marier.

— Avec mademoiselle Moroy? Vous voyez,
je suis bon prophète. Eh bien! mon cher, ne

prenez pas la peine de plaider une cause perdue,
je ne permettrai jamais à Savinien d'épouser
cette fille.

Damaze réprima mal une exclamation indignée.

— Cette fille! Pouvez-vous traiter ainsi une
enfant charmante qui mérite au moins nos
égards?

— Vous n'êtes pas difficile, vous, riposta-
t-elle d'un ton blessant. Je ne reproche rien à la
fillette, en somme, mais je puis vous apprendre,
pour votre édification personnelle, que la mère
est une personne légère.

— Qu'en savez-vous?

— Je sais, de source sûre, qu'elle n'est pas
mariée ; ce Moroy est un être de fantaisie ou le
nom d'un de ses amants.

M. Damaze demeurait confondu.

Sa femme, évidemment, était sincère. D'où
tenait-elle ces renseignements? Ce pauvre Savinien aurait-il été le jouet d'une aventurière?

— Vos allégations sont bien graves, continua-t-il après une pause. Ne suspectez-vous
pas la véracité de la personne qui vous a en-
tretenue de ces cancans?

Elle se leva très-animée.

— Assez, mon cher, je désire ne pas m'appesantir davantage sur ce sujet répugnant. Savinien est un sot, et vous bien ridicule de prendre au sérieux ses billevesées matrimoniales. Quant à celui qui m'a dévoilé ces turpitudes, je puis vous le nommer afin de dissiper vos scrupules. Celui-là est tout simplement mon frère; il aime trop son neveu pour le laisser s'embarquer dans une pareille aventure.

Le nom du comte, jeté à l'improviste, produisit à M. Damaze une impression singulière. Au fond, il méprisait Guy; il le croyait capable de beaucoup de choses, et aussitôt il chercha quel intérêt le poussait à nuire à Savinien.

Cependant, pour ne pas éveiller les soupçons d'Yvonne, il feignit de partager son opinion, la loua de sa perspicacité, et, après quelques phrases amicales, il prit congé, se promettant de savoir sur madame Moroy la vérité tout entière.

CHAPITRE XIX

Guy de Savergny gardait à Savinien une rancune implacable qui l'étonnait lui-même. Il ne lui pardonnait pas de l'avoir humilié devant une femme, surtout lorsque cette femme était mademoiselle Moroy.

Oh! il se vengerait! Et cette vengeance facile, à portée de sa main, l'attirait comme un aimant. Déjà, avant leur querelle, il avait cédé à ses penchants mauvais en suggérant des doutes à sa sœur sur l'honorabilité de madame Moroy. Mais là-dessus au moins il aurait pu invoquer l'excuse de la sincérité. Suivant lui, Youlie abandonnée était restée assez belle pour ne pas manquer de consolateurs. L'un d'eux, ce Moroy, le père de Nadine sans doute, avait dû l'épouser ou lui laisser son nom à cause de la petite.

Le comte de Savergny permettrait-il à son
filleul d'entrer dans une telle famille? Ne devait-il pas mettre au contraire M. Damaze en
garde contre les entraînements irréfléchis de
son fils?

Il ne s'avouait pas qu'un sentiment plus intime, d'une singulière puissance, le portait à
séparer les jeunes gens. Voir Nadine appuyée
au bras de son neveu lui causait une sensation
douloureuse. Que n'eût-il donné pour obtenir
un sourire, un regard de cette jolie créature, si chaste, dans sa grâce involontairement
provocante !

Savinien ne poussera pas les choses plus loin,
se disait-il pour se rassurer; s'il tient vraiment
à ce mariage, je parlerai à Damaze, je démas-
querai cette intrigante.

Rue des Bains, où Savinien venait chaque
jour, le bonheur régnait sans partage.

Nadine embellissait encore; ses coquetteries
naïves, ses extases d'enfant devant les projets
d'avenir que lui soumettait son fiancé, ses caprices, ses câlineries grisaient le jeune homme
perdu dans son rêve passionné.

— Oui, oui, je vous aime, ma Nadine, répé-

tait-il sans cesse, et jamais femme ne sera plus
aimée que vous.

Elle, de sa voix musicale attendrie par l'é-
motion intérieure :

— Encore, encore, disait-elle, encore, afin
que je lise dans vos yeux si c'est bien vrai.

Il saisissait ses petites mains blanches et les
couvrait de baisers éperdus.

— Oh! si c'est vrai! Mais oui, méchante,
c'est vrai!...

Une sérénité grave illuminait alors le visage
de mademoiselle Moroy, car elle était de celles
qui, très-fières d'abord, se donnent une fois et
ne se reprennent plus.

— Je serai votre femme aimante et fidèle
jusqu'à la mort, chuchotait-elle; si quelque
chose d'imprévu, d'impossible, nous séparait,
n'étant pas à vous, je ne serai à personne.

Madame Moroy entendait ces paroles, ces
demi-mots qui valent des serments, et atteinte
au cœur, elle comprenait que si sa fille n'épou-
sait pas Savinien, elle serait toujours malheureuse.

Oh! rien ne lui coûterait pour arriver à ce
mariage, rien, pas même l'aveu du passé le

jour où M. Damaze viendrait lui demander la main de Nadine. Et pourtant, raconter à un étranger l'histoire de sa tendresse pour le misérable qui l'avait dédaignée, quelle rude épreuve!

Comme il s'y était engagé vis-à-vis de son fils, M. Damaze, la veille de son départ, se présenta chez madame Moroy. L'entrevue resta courtoise sans glisser vers les confidences. Julienne ne put réaliser son généreux projet, car le négociant, un peu roide, un peu gêné, n'aborda que les banalités courantes. Évidemment, il se trouvait là pour étudier, pour observer. Cette espèce de défiance alarma aussitôt la jeune femme et paralysa ses moyens. Elle fut moins naturelle, moins aimable; M. Damaze, surpris de ces réticences, de ces timidités subites, se retira sans faire la demande officielle, emportant la conviction qu'en effet, dans le passé de cette attrayante personne, il y avait quelque chose d'équivoque.

Attristés par leur séparation prochaine, Savinien et Nadine ne se doutaient ni de ces scrupules, ni de ces terreurs. Pour eux, rien n'existait en dehors de leur amour; ils se demandaient

très-sérieusement comment ils vivraient jusqu'au 15 septembre, époque à laquelle ces
dames regagneraient Paris.

— Je vous écrirai des volumes pour abréger
le temps, promettait le jeune homme.

— Si vous alliez m'oublier en quittant Trouville, disait-elle toute troublée. Qui nous rendra nos belles journées d'insouciance et de
causeries, les tièdes soirées passées sur la
plage?

— Nous aurons d'autres fêtes encore, ma
bien-aimée; patience, le bonheur viendra!...

...Le lendemain, 1ᵉʳ septembre, M. Damaze
et son fils, qui partaient par le Havre, s'embar-
quèrent sur le *François Iᵉʳ*.

Ces dames, appuyées au parapet, tout au
bout de l'estacade, attendaient le passage du
bateau. Elle se sentait horriblement triste, la
jolie Nadine, et cette quinzaine vécue près de
Savinien, sur cette côte ensoleillée, au grand
air, lui paraissait la meilleure époque de sa vie.

Les joies s'envolent si vite!

Voilà maintenant que le vent fraîchit, que
des nuages noirs, bizarrement rayés, avant-
coureurs des tempêtes, assombrissent ce ciel

normand dont les étés sont si courts. Le casino
plus silencieux, la tente à demi déserte, les rues
mouillées d'une pluie fine, pareille à un brouillard, parlent de mauvaise saison, du harnais
quotidien à reprendre là-bas, à Paris, dans la
fourmilière géante où la vie fiévreuse, éperon-
née, vous emporte dans son tourbillon.

La mer était pleine.

Le bateau sifflait, et, glissant hors du bassin,
s'avançait lentement au clapotement lourd de
ses roues. Sur le pont, M. Damaze lisait un
journal, Savinien cherchait un visage aimé. Il
aperçut mademoiselle Moroy; leurs regards se
croisèrent longuement, longuement dans une
muette et suprême caresse.

— Adieu! adieu!...

— A bientôt!

Sorti de la rivière, le *François Ier*, soulevé
par des lames énormes, filait entouré de broue
et d'écume, audacieusement insouciant, au milieu des clameurs discordantes de ces flots bou-
leversés.

Nadine, prise par cette sensation de l'im-
mensité que cause l'Océan, ne distinguait plus
le cher voyageur qu'au travers d'un voile, le

voile de ses larmes. La distance augmentait entre eux, les vagues énormes, limoneuses, verdâtres, avec des soubresauts convulsifs sautaient à une hauteur prodigieuse; l'une balayait le sillon d'écume laissé par l'autre, et il semblait à la jeune fille qu'un abîme de plus en plus profond, de plus en plus large, se creusait entre elle et celui qu'elle aimait.

Huit jours après ce départ, Alexandre Dimitriowitch apporta à ces dames, sous la tente, une lettre d'Andelle.

Trouville, depuis que Savinien n'y était plus, perdait pour mademoiselle Moroy toute sa gaieté, la mer toutes ses féeries. Elle songeait à l'absent, elle songeait aussi, étant trop fine, trop intelligente pour ne pas le deviner, à ce quelque chose de mystérieux qui flottait sur leur vie à tous les trois, sur leur intérieur, sur son avenir à elle surtout. Qu'était-ce? Une faute dans le passé de sa mère? Cette pensée lui venait jadis, de loin en loin, lorsque l'oncle Sacha étouffait avec vivacité une question curieuse. Maintenant, cette crainte l'assiégeait sans relâche. Elle sentait, d'instinct, qu'une autre inégalité que celle de la fortune s'élevait entre elle

et M. Damaze. Puis, omission étrange, on ne
lui parlait jamais de son père, on ne prononçait
pas son nom, son souvenir même n'existait pas
pour les siens. Pourquoi, alors qu'elle était pe
tite, ne lui avait-on jamais fait joindre les mains
pour prier pour ce mort inconnu ? Aujourd'hui
encore, elle ne connaissait ni son portrait ni sa
tombe. Ce silence voulu ne cachait-il pas une
énigme terrible ?...

Nature vivace et franche, Nadine paraissait
faite pour le bonheur; elle était passionnée,
mais avec moins de fougue, d'obstination et
d'énergie que sa mère. Depuis une semaine,
sa tête blonde s'inclinait souvent sur sa poitrine, et elle rêvait, le regard perdu sur l'horizon brumeux. Si par hasard madame Damaze, au bras du comte de Savergny, passait
sur les planches, elle s'éveillait en sursaut,
attendant avec une angoisse chaque fois renais-
sante un signe de bienveillance. Mais si le regard de M. de Savergny allait vers elle comme
par le passé empreint d'une expression indéfi-
nissable, les yeux gris de madame Damaze
l'examinaient avec une fierté insolente, et son
salut léger, tardif, d'une froideur à peine polie,

causait à la pauvre enfant l'impression d'une morsure.

Après ces rencontres presque quotidiennes, la mère et la fille n'osaient se communiquer leurs impressions. Julienne voyait une rougeur brûlante monter au front de Nadine, et celle-ci s'effrayait de la pâleur de cire qui décolorait subitement le visage bistré de madame Moroy.

— Quelle réprobation pèse sur nous? se demandait l'une.

— Est-ce que ce misérable Guy chercherait à entraver mes projets? se disait l'autre. Comme il admire Nadine, mon Dieu!

Cette après-midi-là, la réception de la lettre d'Andelle fit une heureuse diversion à leur humeur chagrine. Savinien, le cœur débordant, écrivait six grandes pages, interrompant le récit du voyage par des protestations d'amour.

Au départ de Trouville, tout lui semblait morne et désespérant : la traversée était ennuyeuse, le Havre trop bruyant, le vert pays normand, avec ses plaines ondulées où paissent de grands troupeaux, uniforme, prosaïque sous son ciel grisâtre.

On approche enfin d'Andelle, les vallées se

succèdent, les rivières se croisent, des ruines
çà et là se dressent sur les coteaux boisés; on
arrive, on est arrivé. A Charleval, plus de chemin de fer, le landau attend les maîtres, et les
chevaux ne mettront pas grand temps à fran-
chir la distance qui sépare la station de l'usine.

« Savez-vous, mademoiselle Nadine, que
l'amour est un fameux enchanteur, continuait
le jeune homme; qu'il transforme, au gré de
son caprice, non-seulement notre cœur et nos
pensées, mais encore les paysages qui nous en-
vironnent, les choses extérieures que nous
sommes accoutumés à voir, prêtant à la nature,
aux hommes, aux objets insignifiants, aux vul-
garités frôlées, une parcelle de sa magie? Ainsi
moi, votre humble serviteur, je suis né ici à
l'ombre d'un manoir historique, j'ai joué à la
toupie dans les cours de l'usine, et je n'avais
jamais remarqué, jusqu'à présent, non le château, — je n'aime guère les fantômes d'antan,
— mais la sévère poésie qui se dégage des mas-
sives constructions de cette fabrique, ruche
énorme enfermée dans la ceinture d'émeraude
tracée par les jardins et les prairies. Jadis, je
n'entendais que le bruit assourdissant des ma-

chines, le sifflement de la vapeur, le crépite-
ment du feu, lorsque le chauffeur, le front en
sueur, alimentait sa fournaise; je ne voyais,
comme mon bel oncle Guy, que la fumée du
charbon s'échappant des cheminées monumen-
tales et salissant les murs, que les mains noires
des mécaniciens, les blouses imbibées d'huile des
tisserands, les jupes effilochées des cardières...

Aujourd'hui, ô miracle, toutes les mains
étaient nettes, toutes les blouses flairaient l'iris
de la lessive normande, tous les visages respi-
raient la joie. La joie! ces êtres courbés toute
l'année, douze heures par jour, sur le métier,
les yeux rivés sur les voyages vertigineux de
la navette, ont donc des joies? Je l'ignorais, et
vous, Nadine? Eh bien! oui, ils nous ressem-
blent, ces hommes, leur cœur bat de la même
façon, je m'en suis bien aperçu lorsque les plus
anciens sont venus à nous avec une certaine
gaucherie, porteurs d'un bouquet énorme, et
qu'un vieux, à barbe grise, se mit à nous dé-
biter un compliment, je ne sais quoi de bon,
de naïf, qui se termina par une larme.

Mon père, très-ému, étreignait les deux mains
du bonhomme.

— Merci, merci, mon brave Hubert, merci
d'avoir songé à cet anniversaire. C'est vrai, ma
foi! il y a trente ans aujourd'hui que nos métiers, — les petits rangés maintenant au gre-
nier, — battaient pour la première fois.

— Et vous avez mieux marché que les métiers, vous, monsieur Damaze, reprenait l'ou-
vrier avec un sourire attendri. Cré nom! Quel
chemin!

— Grâce à vous, mes amis, grâce à vous
tous!

Les souvenirs revenaient sans doute en foule
aux artisans de la première heure, car ce fut,
pendant dix minutes, un échange de : Vous
rappelez-vous, monsieur Damaze, la fameuse
année de la guerre d'Italie? plus de bras, un
dur passage, hein? et la concurrence anglaise,
encore une veinette?

Les détails piquants, les souvenirs encore
chauds se succédaient : hauts et bas de l'usine,
prospérité et revers, luttes, entraves, pertes,
succès défilaient devant moi, évoqués en une
phrase précise, caractérisés en un mot pitto-
resque par le vieil Hubert.

Mon père, les paupières humides, répétait :

— Si je me rappelle? Oh! oui, je me rappelle!...

Je ne vous raconterai pas, Nadine, comment le bouquet destiné à maman passa dans mes mains, ni comment, non plus, à la promesse de mon père que je continuerais son œuvre, ces gens enthousiastes me firent une véritable ovation :

— Vive M. Savinien! Vive le jeune patron!

Moi, l'air bête avec ma botte de fleurs, je ne savais où me cacher. L'écho de ces salles immenses avait, je l'avoue, l'air de se moquer en répétant d'une voix affaiblie, — la voix narquoise d'un gamin, — le robuste vivat de nos ouvriers. Eh bien! je donnerai tort à l'écho, oui, lorsque vous serez près de moi, que votre main serrera la mienne, que votre bouche rose m'inspirera les bonnes pensées et les résolutions viriles, je deviendrai quelqu'un dans cette usine. Je me mettrai à l'œuvre, je travaillerai absolument comme si je n'avais pas la gloire d'être le filleul du comte Guy, et vous me verrez, ma Nadinette, une plume derrière l'oreille, assister au métrage des pièces de toile qui tombent des métiers, et surveiller les chargements

des camions qui emportent à Rouen, à Paris,
au bout du monde, nos tissus et nos cotons!
Qui sera attrapé? Ce sera papa! Qui sera surpris? Ce seront ces braves ouvriers qui me
prennent, non sans raison, pour un dandy imbécile, incapable d'un effort. Oh! ma Nadine,
quand viendrez-vous? Comme vous serez belle
dans ce cadre austère! comme vous serez aimée
dans ces maisonnettes groupées autour de l'usine
comme des petits enfants autour de leur nourrice! Ma chère fée, je ne pense qu'à vous; c'est
pour vous que je deviendrai un homme! J'énu-
mère sans cesse à mon père toutes vos vertus;
il est soucieux, je ne sais pourquoi, mais bientôt, bientôt certainement, à votre retour à Paris,
il ira demander à madame Moroy cette petite
main que je voudrais couvrir de baisers... »

CHAPITRE XX

Une semaine environ après la fête de l'usine, le landau de M. Damaze revenait de la gare et montait au pas la rampe conduisant au château. Deux personnes occupaient le fond de la voiture : un homme et une femme. Elle, les yeux à demi clos, considérait avec une indifférence méprisante les maisons, les sites, les arbres trop connus; lui, absorbé dans une méditation intérieure, ne regardait rien. Tous deux, impassibles, maussades, semblaient s'ennuyer prodigieusement ou avoir épuisé entre eux les sujets de conversation.

— Ainsi vous êtes très-sûr, Guy, de ce que vous avancez?

— Certainement.

— Dans ce cas, vous essayerez de convaincre M. Damaze, de le dissuader de cette scandaleuse union. Vous aurez quelque peine à y parvenir, je vous en préviens, mon mari est si entêté, si tenace! Ah! si jeunesse savait!

Le comte Guy réprima un sourire.

— Avouez, ma chère Yvonne, qu'en dépit de mes conseils, vous l'avez voulu, cet homme si entêté, si tenace!

Elle eut un geste découragé pour dire : Assez! le passé est irrévocable, ma vie est manquée, veillons sur l'avenir de Savinien.

La voiture entrait dans une avenue de peupliers; au bout, le château construit par Mansart apparaissait entre les arbres.

M. Damaze et Savinien descendaient justement le perron pour recevoir les voyageurs.

On échangea des phrases suffisamment correctes pour masquer aux yeux des indifférents la froideur réelle des relations.

— J'espère, mon cher comte, dit aimablement Damaze, que vous nous resterez quelque temps.

Il y avait une dizaine d'années au moins que Guy n'était venu à Andelle.

— Impossible, beau-frère, répliqua-t-il, des affaires urgentes me réclament à Paris; mais j'accepte votre hospitalité jusqu'à demain. Il ajouta sur un ton confidentiel, tandis qu'on montait au premier : J'accepte d'autant plus volontiers que j'ai à m'entretenir avec vous.

Au salon, madame Damaze, son chapeau jeté sur un meuble, s'installait, très-lasse, sur une causeuse, pendant que Savinien, à côté d'elle, un genou sur un pouff, s'informait de sa santé, de ses dernières distractions aux bains de mer, brûlant d'envie de la questionner sur mademoiselle Moroy.

— Qu'as-tu donc? remarqua la mère en l'éloignant un peu pour l'examiner à l'aise. Tu as une physionomie, une expression nouvelles. Tu es changé!

— Moi!

Et aussitôt, les lèvres sur la main soignée d'Yvonne, il murmura :

— C'est vrai, je travaille avec mon père..., je vais me marier, il faut donc bien que je devienne un homme raisonnable.

Madame Damaze ne releva pas cette déclaration, et, s'adressant à son frère :

— Si vous profitiez, Guy, de l'heure qui nous reste avant le dîner pour expliquer à mon mari l'objet de votre visite. Après, on ne s'appartient plus, les domestiques sont là, des amis viennent... Or, comme vous partez demain de bonne heure...

M. de Savergny jeta un regard significatif sur son neveu. Celui-ci ne parlait plus au comte depuis la promenade du prieuré; il le regarda en face, disant :

— On congédie les enfants?

Guy protesta.

— Vous me rendez service, assura le jeune homme très-calme, et, puisque ma mère m'y autorise, je retourne dans les bureaux.

Madame Damaze se retourna.

— Dans les bureaux? Quoi faire?

Le négociant intervint.

— Va, mon ami, fit-il, non sans une affectation orgueilleuse, va, tu recommanderas à Hubert d'arrêter le compte Sauvagon, et de ne pas livrer tout de suite la commission de Mayer et compagnie.

— C'est complet! s'écria madame Damaze avec un rire forcé dès que Savinien eut disparu, voilà mon fils comptable, contre-maître peut-être!

— Pas encore, chère, il manque d'expérience pour conduire des hommes plus compétents que lui; pourtant, comme il a la bonne volonté, cela viendra, n'en doutez pas.

— Merci pour cette bonne prédiction!

— Trop heureux de pouvoir la faire!

Cette guerre de mots, très-fréquente dans le ménage, allait commencer acerbe, provocante; M. Damaze l'arrêta.

— Plus tard, Yvonne, vous m'expliquerez vos nouveaux griefs; en ce moment, puisque votre frère désire me parler et que le temps est limité, je suis tout à lui. De quoi s'agit-il?

— Il est impossible, ce fabricant de cotonnade! pensait le comte, tout en poussant un siége du côté de la causeuse. Il vous jette au visage une question nette, brutale : de quoi s'agit-il? Comme si, dans un pareil sujet, on pouvait répondre sans ambages ni circonlocutions.

Damaze, accoudé à la cheminée selon son habitude, examinait à la dérobée le visage compassé et solennel du comte, la mine revêche de sa femme, et, fort intrigué, se demandait de son côté : Que diable ont-ils manigancé ensemble? Une méchanceté sûrement.

Après quelques minutes de silence, encouragé par un signe muet d'Yvonne, Guy commença lentement, cherchant ses mots.

— Mon Dieu, mon cher Damaze, vous me voyez fort perplexe... peut-être me saurez-vous mauvais gré de déranger vos plans, de me mêler trop directement à une affaire qui vous concerne... Je ne sais, en vérité, comment vous parler d'une chose... d'une chose très-délicate, la réputation d'une femme...

Damaze interrompit.

Yvonne paraissait savoir déjà la confidence qu'on lui réservait ; alors pour lui ces préparatifs étaient inutiles.

— De quoi s'agit-il ? répéta-t-il pour la seconde fois.

Voilà la difficulté. Il s'agissait de dévoiler les plans machiavéliques d'une aventurière effrontée, de dessiller les yeux à un enfant trop crédule. La tâche était fort peu appétissante pour un galant homme, mais le devoir commandait, et le comte de Savergny, imbu des traditions d'honneur de sa race, obéirait à ce devoir, si dur qu'il lui parût. Et il parla en effet, il parla d'abondance, possédant son sujet à fond pour l'avoir préparé et étudié, comme un bon comédien désireux de ne pas rater ses effets.

On vivait dans un temps si déplorable! A force de saper les principes, — ces principes si chers à Guy et à Yvonne, — on en arrivait à la négation, à l'athéisme, et alors... alors...

Un geste énergique acheva la phrase et la pensée : c'était la culbute des gens sans principes dans un fossé imaginaire.

Madame Damaze, charmée par l'éloquence fraternelle, approuvait de la tête.

Le comte alors se lança tout à fait et narra, en termes mesurés et choisis, l'histoire d'une certaine Youlie Négline, renommée par sa beauté et qu'il avait connue à Moscou pendant son long stage au consulat. Cette demoiselle Négline, après de nombreux scandales là-bas, prétendait, sous un nom supposé, faire entrer sa fille dans une des plus honorables familles normandes. M. Damaze, à mesure qu'il saisissait l'intention, la portée des paroles, pâlissait à la pensée de la douleur de Savinien.

— Voyons, voyons, fit-il avec sa précision habituelle, vous accusez, si je ne me trompe, madame Julienne Moroy ?

— Oui, Julienne Moroy ou mademoiselle Négline, c'est la même personne.

— Vous avez des preuves de son indignité?

— Matérielles, non; les preuves morales ne
manquent pas.

— Lesquelles?

— Mon honneur de gentilhomme d'abord,
ensuite les faits, les dates.....

Damaze, sans s'en apercevoir, donnait à ce
bref dialogue une forme interrogative.

— Ainsi, vous avez connu cette dame en
Russie?

— Pendant trois ans.

— Personnellement?

Les sourcils du comte se froncèrent.

— Non, dit-il sans hésiter, elle était la maîtresse d'un de mes amis.

— Le nom de cet ami?

— Ah! permettez, s'écria de Savergny, vous
allez trop loin. Ce nom ne fait rien à l'affaire,
et je tiens à ne pas compromettre un homme du
grand monde par une indiscrétion de mauvais
aloi. D'ailleurs, acheva-t-il, lorsqu'il l'eut
quittée, elle a continué sa vie de désordre.

— Pourquoi le supposez-vous?

— Simplement par la présence de cette belle créature qui est sa fille, sans être l'enfant de son premier amant.

Un silence lourd planait sur le salon que l'ombre envahissait. En bas, l'usine éclairait ses innombrables fenêtres qui trouaient, pareils à des yeux vigilants, la pénombre des allées; à travers les taillis, les lueurs rougeâtres allongeaient sur les pelouses presque noires des traînées d'ombre.

Yvonne, la première, reprit la conversation.

—Vous comprenez, mon ami, dit-elle en s'adressant à son mari, que le projet de mariage caressé par Savinien est irréalisable. Soucieux de nos plus chers intérêts, mon frère a bien voulu s'arrêter ici pour vous faire, malgré une répugnance bien naturelle, cette confidence importante. Les choses, grâce à Dieu, ne sont pas encore trop avancées. Savinien entendra raison; — quant à cette audacieuse coquine, vous lui signifierez, comme bon vous semblera, que ses plans sont déjoués.

Damaze écoutait à peine, pris, enveloppé dans une impression tenace.

— C'est étrange, murmurait-il, j'ai vu deux

fois madame Moroy, j'ai causé seul avec elle
pendant plus d'une heure, je l'ai observée avec
une froide impartialité, et je ne puis, je ne sais
pourquoi, la croire telle que vous me la pré-
sentez : fille sans aveu, jouant un rôle inquali-
fiable pour duper les honnêtes gens.

— C'est qu'elle est encore belle, insinua le
comte.

— Non, ce n'était pas cela!

Et il revoyait la petite chambre carrelée de
Trouville, les fleurs, les livres sur la table, et
Julienne troublée, hésitante, fixant sur lui ses
grands yeux noirs, pleins en ce moment d'une
prière éloquente et muette.

— Non, répéta-t-il tout haut, répondant à
sa propre pensée, ce n'est pas cela! Certes, je
me suis aperçu qu'il y avait un mystère dans
cet intérieur, et pourtant..... pourtant!.....

Il frappa du pied avec impatience.

— S'il y a une tare dans le passé de cette
femme, continua-t-il, ce doit être quelque
chose qui nous échappe, que nous ne connais-
sons pas..... mais ce n'est pas, ce ne peut être
l'aventure banale que vous nous contez.

Dans l'ombre, le comte, à son tour, blêmissait. Il avait gaillardement joué la partie, il entendait la gagner. Nadine ne serait pas à ce Savinien.

— Prenez vous-même des renseignements à Moscou, avança-t-il d'un ton négligent.

— C'est fait. J'ai écrit de Trouville à mon correspondant. J'attendais ce complément d'instruction avant de risquer ma demande officielle.

L'industriel se tourna vers M. de Savergny, disant avec un effort : Je vous remercie, beau-frère, de votre bonne intention ; croyez que je vous sais gré.....

Le pauvre homme savait si mal mentir qu'il s'arrêta la gorge serrée.

— Notre fils sera bien malheureux, Yvonne, fit-il tout troublé.

Madame Damaze leva les épaules.

— Bah ! les hommes se consolent si vite !

Le père remua négativement la tête.

— Pas lui, il en mourra.

Le comte et sa sœur se mirent à rire.

— Vous allez voir, assura gravement le négociant, et appuyant le doigt sur un timbre :

— Priez M. Savinien de venir au salon, ordonna-t-il au domestique.

— Je me retire, dit Guy avec vivacité.

— Non pas, beau-frère, je vous en prie !

Cinq minutes s'écoulèrent.

Savinien entra, jetant un coup d'œil surpris sur ces visages contraints. Damaze s'approcha de lui, et en quelques phrases courtes lui expliqua la situation, sans nommer l'auteur de la révélation.

Savinien bondit sous la douleur et l'injure ; arrachant sa main des mains de son père, il se tourna vers son oncle.

— C'est vous, s'écria-t-il avec emportement, qui commettez cette infamie !

On se jeta sur lui, on voulut l'interrompre. Furieux, perdant toute mesure, il répétait :

— Ne le croyez pas, il ment ! Nadine est un ange, il ment, parce qu'il me hait depuis un mois..... Nadine, il.....

Sa parole s'embarrassait, il chancelait, terrassé par ce coup trop violent, trop imprévu...

Son regard effaré tomba heureusement sur Damaze, des larmes le suffoquèrent, il se jeta comme un enfant dans ses bras en balbutiant :

— Oh ! je l'aime, père, je l'aime, j'en mourrai !

CHAPITRE XXI

C'est un coin de province verdoyant et paisible que cette rue Demours située dans un
quartier lointain, à l'abri des agitations bruyantes
du centre, et qui, commençant à l'avenue des
Ternes, devant le portail noir de Saint-Ferdi-
nand, va aboutir vers la rue Murillo, ouverte
sur les allées sablées et les ruines romantiques
du parc Monceaux. Elle a une originalité d'ailleurs, cette rue ; pas de magasins, pas de devantures luxueuses; de grandes portes de
chêne, des maisons sans fenêtres sur la voie
publique, avec cet aspect particulier des pensions ou des couvents. Les pensions y sont
nombreuses en effet, et ces constructions dis-
gracieuses, vastes comme des casernes, sont
entourées de vieux arbres, égayées par des
jardins pleins, à certaines heures, de cris

d'enfants et de rondes étourdissantes. — De loin en loin surgit une librairie, avec les ardoises, les crayons, les cahiers roses, bleus, verts, étalés devant la porte ; puis les devantures encombrées des marchands de légumes où les fruits d'automne : poires, pommes, raisins dorés, rangés avec art dans de petites caisses, arrêtent un instant les fillettes qui, au bras des mamans et des bonnes, regagnent le lundi l'ennuyeuse prison.

C'était un matin d'octobre, un reste de brouillard flottait à la cime des marronniers roussis, étalant leurs branches au-dessus des murs noirâtres. Le facteur, enveloppé de son manteau vert, se hâtait sur le pavé glissant, sonnait vigoureusement et jetait lettres et journaux sur la table des concierges.

A l'extrémité de la rue, la fenêtre d'un entre-sol s'ouvrit, et une jolie tête ébouriffée, avec des mèches sur les yeux, apparut tout à coup.

— Y a-t-il quelque chose pour nous, monsieur ?

— Oui, mademoiselle.

La vision blonde disparut, on entendit dans

14.

la chambre une exclamation joyeuse, des pas légers, un froufrou de jupes dans l'escalier, et, à la porte à peine entre-bâillée pour ne pas laisser voir le négligé de la toilette, une petite main se tendit pour saisir le bienheureux courrier.

Un instant après, dans l'appartement, une voix au timbre d'or s'écriait gaiement :

— Voyons, mère, réveille-toi, je t'apporte une lettre, enfin, enfin une lettre de Normandie !

— Donne vite, ma Nadine.

— Pas avant de t'avoir embrassée. C'est le 2 octobre aujourd'hui, c'est-à-dire ma fête, et ce cher monstre de Savinien, qui ne me donne pas signe de vie depuis trois semaines, se décide, sans doute, à m'apprendre qu'il m'aime toujours.

— Tu es gaie ce matin, fillette !

— Oui, le soleil a frappé à ma vitre; j'ai fait des rêves charmants, je crois au bonheur, mère ! Et toi ?

Madame Moroy essaya de sourire.

Non, elle n'avait plus foi à ce magicien capricieux, trop avare de ses dons. Un pres-

sentiment sinistre l'oppressait ; dans ses nuits
sans sommeil, elle se demandait pourquoi Savinien n'accourait pas rue Demours, pourquoi
son père n'écrivait pas davantage. Afin de gagner du temps, pour ne pas mettre surtout un
crêpe sur les radieuses espérances de sa fille,
depuis quinze jours elle soutenait péniblement
un mensonge.

Ces messieurs, en quittant Trouville, avaient
soi-disant trouvé au Havre une dépêche qui
les appelait à Londres pour affaire urgente. Au
retour de ce voyage précipité, M. Damaze se
présenterait pour demander la main de Nadine.

Et la jeune fille, n'ayant ni soupçons ni
craintes, se contentait de cette explication.

Tandis que madame Moroy s'habillait, Nadine tirait les rideaux de cretonne, et lui tendant l'enveloppe :

— Puis-je voir ?

— Si tu veux, mignonne.

Elles s'approchèrent de la fenêtre. Julienne
brisa un cachet de cire rouge, mademoiselle
Moroy passa son bras autour du cou de sa mère,
et, pour mieux voir, appuya sa joue contre la
sienne.

Elles lurent :

« MADAME,

« Veuillez excuser un silence qui a dû vous
« sembler bien long. Un mariage est toujours
« chose grave, on ne saurait l'entourer de trop
« de précautions. Comment vous dirais-je que
« ces précautions, dans le cas particulier qui
« vous concerne, étaient nécessaires et difficiles
« à prendre? Une personne de ma famille a ren-
« contré à Moscou, il y a une vingtaine d'an-
« nées, une certaine demoiselle Youlie Né-
« gline. . . . . »

Madame Moroy, les yeux agrandis par l'effroi, arracha le papier des mains de sa fille.

— Ne lis pas, fit-elle.

— Pourquoi? Qu'y-a-t-il?

Julienne ne répondait plus, elle voulait
savoir.....

Elle se détourna un peu et poursuivit :

« ...une certaine demoiselle Youlie Négline
« connue, paraît-il, par sa beauté et ses scan-
« dales..... Je m'arrête, Madame, il y a des
« choses presque impossibles à dire, mais ne

« pensez-vous pas qu'un honnête homme ne
« peut épouser la fille de cette malheureuse ?
« Vous me comprenez, n'est-ce pas ? Savinien
« va partir, il oubliera, je l'espère, votre pauvre
« enfant. »

— Quelle infamie ! gronda madame Moroy
en se laissant tomber défaillante sur une chaise.
Oh ! quelle atroce infamie !

Nadine, lestement, se saisit de la lettre, la
parcourut et pâlit horriblement à son tour.

Il y eut un silence prolongé, poignant pour
ces deux infortunées. La jeune fille restait debout devant sa mère, laissant volontairement
peser sur elle son regard chargé de stupeur,
tandis qu'une tristesse irritée assombrissait sa
physionomie si joyeuse tout à l'heure.

— Et c'est M. Damaze qui te dit des choses
aussi injurieuses ? interrogea-t-elle tout bas,
comme si elle craignait d'entendre sa propre
voix. C'est une rupture, cela ? Il y a donc dans
notre passé une de ces fautes que rien n'efface,
puisque lui, lui le père de Savinien, nous ou-
trage à ce point ?.....

Un flot de sang lui empourpra le front ; son
ton devint dur lorsqu'elle demanda :

— Cette Youlie Négline dont la honte re-
jaillit sur moi, qui est-ce donc?

Julienne leva la tête, une expression déchirante contracta ses traits.

— C'est moi, dit-elle.

Nadine comprima un cri de rage; comme à
la lueur fulgurante d'un éclair, elle comprit
tout : les réticences, le passé mystérieux de sa
mère, ses soucis, son enfance sans père..... Ses
yeux restèrent secs, seulement elle s'écarta de
madame Moroy.

— Ma pauvre petite, reprit celle-ci frappée au
cœur, tu m'effrayes, tu souffres, tu m'en veux!

— Je n'ai pas le droit de te juger, répondit
la jeune fille d'un ton sourd, je ne puis empêcher
que tu sois ma mère.....

Cette simple phrase, en tombant de ses lèvres,
prenait une signification terrible. Elle ne jugeait
pas celle qu'elle croyait coupable, mais elle cessait de l'estimer, et sa tendresse sombrait avec
son estime.

Foudroyée par la douleur, Julienne, d'abord,
n'avait pas songé à la signification que cette
rupture prendrait aux yeux de sa fille. Comment! c'était son indignité à elle qui brisait

l'avenir de son enfant? Elle se redressa sous cette blessure nouvelle, et dardant ses yeux noirs sur les traits mornes de Nadine :

— Que crois-tu donc? lui demanda-t-elle. De quel crime m'accuses-tu ?

Mademoiselle Moroy se détourna avec un geste de lassitude.

— Encore une fois, je ne te juge pas, murmura-t-elle ; j'étais stupide de croire au bonheur, moi, une paria ; moi, une.....

— Tais-toi!

— Pourquoi donc? Tout le monde ne le saurat-il pas? Savinien me repousse, qu'importe le reste ?

Elle ajouta avec une fierté sauvage, tandis que sa voix âpre, mordante, s'amollissait dans un sanglot :

— Il reste un refuge aux misérables et aux déshonorés, ce refuge ne m'effraye pas, la mort lave toutes les tares.....

— Nadine !

— Laissez-moi, laissez-moi, cria-t-elle dans une explosion de désespoir, en repoussant sa mère. Ah! je voudrais mourir! Lui m'abandonne, et toi..... toi! ô mon Dieu !

Dans la vie de Julienne, les heures amères n'avaient pas manqué; mais celle-là lui sembla sûrement la plus déchirante. Sa fille la repoussait, sa fille la rendait responsable de son malheur, elle la méprisait sans doute comme une femme perdue.....

Assise sur un coin du canapé, mademoiselle Moroy sanglotait. Pâle comme une statue de marbre, Julienne relisait la lettre de M. Damaze en pesant chaque phrase, chaque mot, chaque syllabe.

Prise d'un étouffement, elle ouvrit la fenêtre.

Une bouffée d'air attiédi, saturé du parfum doux des roses de Bengale qui égayaient le jardin voisin, vint jusqu'à elle. Le soleil éclatait sur les pelouses, des écoliers chantaient; le bruissement indistinct de Paris montait comme les clameurs lointaines d'une mer agitée; tout parlait de vie, et pourtant pour elle il n'y avait plus ni repos, ni espérances.

Madame Moroy contempla un instant l'azur délicat de ce joli ciel parisien, et tout haut, dans une révolte soudaine :

— Mon Dieu, s'écria-t-elle, où êtes-vous donc? où se cache votre justice? Eh bien!

qu'importe! Si tout m'écrase, seule, je lutterai.
Oh! la vérité, la vérité, il faut qu'elle se fasse!

Nadine, continua-t-elle en se rapprochant, ne
sois pas trop sévère, mon enfant, pour des faits
que tu ignores, que tu exagères sans doute.
Haut la tête! haut le cœur! regarde-moi, bien
en face, sans rougir. Pour toi, ma bien-aimée,
je soulèverais un monde. Je devine maintenant
d'où vient le coup qui me terrasse, je reconnais
la main qui fauche méchamment nos meilleurs
rêves. Ah! regarde-moi, te dis-je, ma Nadinette, je t'ai tant aimée, je t'aime tant!.....
Écoute, depuis vingt ans, j'ai vécu pour toi...
pour toi, j'ai supporté privations, pauvreté,
déboires, solitude..... Tu as été ma seule
pensée, mon unique préoccupation, la chère et
pure étoile qui a brillé dans mes nuits d'angoisses, au milieu des longs désespoirs où s'est
consumée ma jeunesse..... Rassure-toi, tu
seras heureuse!... Quand je devrais me tuer
pour supprimer un obstacle, je le ferais sans
une hésitation, sans un regret..... Mais non, ce
sacrifice même sera inutile, car Savinien t'aime,
il t'aimera davantage encore, je le veux, je te
le promets!

En achevant ces mots, Julienne, doucement, avec une expression intraduisible d'amour et de pitié, couvrit de baisers passionnés la tête blonde de Nadine appuyée au velours râpé du vieux meuble.

La jeune fille ne résista plus, elle vit des bras se tendre vers elle, et y tomba avec un cri, le cri plaintif des enfants choyés :

— Maman ! maman !

CHAPITRE XXII

Le temps qui bouleverse tant de choses, qui foudroie si facilement les hommes, a, dirait-on, un affectueux respect pour les vieilles pierres, les vieilles maisons, tant il dore les unes et les autres de sa riche palette.

Rien n'a changé dans cette rue Saint-Guillaume que Julienne remonte aujourd'hui en reconstruisant par la pensée les péripéties de sa visite faite dix ans plus tôt au comte Horace.

La porte monumentale est à sa place; les pluies ont seulement lavé la peinture et fendillé le bois. Au fond de la cour humide, l'hôtel des Savergny se dresse toujours, portant à son fronton de granit les armoiries de ses maîtres.

Comme jadis après avoir gravi le perron aux marches disjointes, traversé à la suite du do-

mestique le vestibule, Julienne se retrouve dans
le salon.

Là non plus, dans cette pièce d'une somptuo-
sité vieillotte et morne comme ces appartements
qui servent rarement, que personne n'habite,
où les vers rongent les tapisseries et les vieux
bahuts, là non plus, disons-nous, les années
n'ont opéré aucune réforme. Les mêmes reliques
féodales encombrent les coins ; sur les tentures
déteintes, les mêmes chevaliers montent des
chevaux fougueux, traînent en laisse des
dogues fauves aux babines sanglantes. Sur les
murailles, les panoplies paraissent à peine plus
rouillées. Et il tombe de ces plafonds fleurde-
lisés, de cette cheminée géante, de ces fenêtres
aux stores baissés quelque chose de si revêche,
de si glacial, de si imposant quand même, que
madame Moroy frissonna, regrettant presque
d'être venue.

Rien d'accueillant, en effet, dans ce logis superbe ; partout un parti pris boudeur, une
haine de modernité qui rappelle péniblement à
la visiteuse l'ironique et implacable visage
d'Horace de Savergny.

Il n'a pas quitté d'ailleurs son hôtel, cet

Horace, il est là, non malade et grisonnant comme elle l'a connu, mais âgé à peine de vingt-cinq ans, insolent, radieux, peint en pied par Thomas Lawrence, le peintre favori de l'aristocratie anglaise. Ce devait être une des dernières œuvres du maître, ce panneau représentant le jeune comte debout, en culotte de daim collante, avec l'habit de chasse à parements rouges des lords du Cuntemberland. La tête hautaine, l'œil altier du modèle semblent défier le monde, et la couleur éblouissante de Lawrence, sa force factice, son procédé sans profondeur réelle n'imprègnent pas moins cette toile d'une vie spéciale et saisissante.

Julienne s'oubliait dans cette contemplation.

— M. le comte prie madame d'attendre, dit le valet de chambre en réapparaissant.

Elle s'assit le cœur serré, très-simple dans ses vêtements uniformément noirs, avec une voilette épaisse plaquée sur la pâleur marmoréenne de son visage. Elle n'avait pas donné sa carte, refusant également de livrer son nom. Elle bénéficierait ainsi, supposait-elle, de la surprise qu'éprouverait celui qu'elle désirait voir.

Dix minutes s'écoulèrent.

Au bout du salon, une portière se souleva; c'était Guy de Savergny.

Julienne se leva, sans faire un pas en avant.

Assez intrigué, ne reconnaissant pas la personne qui se tenait devant lui dans une attitude presque craintive, le comte dut traverser le salon dans toute sa longueur.

— Madame, à quel motif dois-je l'honneur...?

Sans se presser, Julienne détachait son voile.

— C'est moi, dit-elle en l'interrompant.

Il recula, incapable de dominer un étonnement extrême.

— Vous!.....

Ils s'examinèrent un instant.

Le vieux cartel Louis XVI, arrêté depuis longtemps, ne troublait même pas de son tic tac lourd le silence emplissant ce vaste appartement; les douairières, roides dans leurs robes de brocart, seules, semblaient vivre et regarder curieusement du haut de leurs cadres.

La jeune femme prit la parole d'une voix lente et ferme :

— Vous me reconnaissez, n'est-ce pas,
monsieur? Vous êtes bien sûr de mon identité?
Vous ne doutez plus, je suppose, que je ne sois
cette demoiselle Youlie Négline « célèbre à
Moscou pour sa beauté et ses scandales », cette
même créature qui cherche à marier sa fille avec
un de vos parents.

— Madame !

Elle ne se laissa pas interrompre et poursuivit :

— C'est vous, monsieur, qui avez fourni à
M. Damaze ces renseignements exacts et avantageux? C'est vous encore qui, avec un zèle
louable, travaillez depuis un mois à séparer deux
enfants qui s'aiment?

Le comte protesta avec hauteur.

S'occupait-il des amours de Savinien? Que
lui importait, à lui, les fredaines de ce gamin?

— Il vous importe beaucoup, assura-t-elle
froidement, en plongeant ses yeux dans les
siens.

— Parce que?

— Parce que la beauté vous fascine toujours;
or la fiancée de M. Savinien est belle entre
toutes.

Guy mordit avec impatience ses lèvres minces.

A quoi voulait-elle aboutir? Il la sentait résolue, audacieuse, sans comprendre exactement son but. Bah! une demande d'argent sans doute, une indemnité à payer pour ce mariage manqué.

Ce fut cette dernière pensée qu'il formula en l'entortillant de formes correctes.

Julienne, assise devant lui, un bras appuyé sur un guéridon en mosaïque, le laissa achever sa proposition.

— Vous ne me devinez qu'à moitié, avoua-t-elle avec une nonchalance calculée, je demande en effet une indemnité, si par indemnité vous entendez réparation.

— Je ne saisis plus.

C'était bien simple, pourtant. Savinien souhaitait épouser Nadine; son influence, à lui, pesait sur le refus de madame Damaze. Il avait défait le mariage, il s'agissait de le refaire.

— Comment cela?

— En déclarant que vous m'avez calomniée.

— Jamais! D'ailleurs, je n'ai guère exagéré.

— Vraiment! Avez-vous appris aussi à votre

beau-frère que cette Youlie Négline avait été
votre maîtresse, mieux que cela, votre femme
en réalité pendant deux ans? Non? Ce détail
omis, j'irai le révéler, moi, et j'ajouterai ceci :
Cet homme usurpe une considération qui ne lui
est pas due. Dans la société, je ne l'ignore pas,
on se montre indulgent pour certaines trahi-
sons : délaisser une femme, lorsqu'on est las de
ses baisers, n'est pas une grosse affaire ; mais la
lâcheté, dans tous les mondes, est une vilaine
action. Eh bien! il m'a trompée, trahie, abandonnée, en me jetant, jeune, sans ressources, à
toutes les défaillances, à toutes les tentations,
et il va, maintenant, sacrifier à sa rancune une
enfant innocente. J'admets, si vous le voulez,
mon indignité à épouser un Savergny... re-
poussée, j'ai tenu tête à l'orage, la misère ne
m'a pas réduite, la fange ne m'a pas attirée.
Dégradée par lui, je l'ai été, mais de cette dé-
gradation première, je me suis lavée par la maternité et le travail. Elle, Nadine, celle que l'on
attaque aujourd'hui, n'est pas coupable, et,
comme elle n'a ni mes haines ni mon énergie,
elle mourra du coup que l'on veut lui porter.

Le comte étouffa poliment un bâillement.

15

— Vous n'imaginez pas, chère madame,
fit-il avec une urbanité parfaite, combien je dé-
teste les scènes de mélodrame. Des amis m'attendent au Helder; réglons donc, sans plus
tarder, la petite négociation qui vous amène.
Vous disiez que mademoiselle Moroy demandait...?

— Que vous lui rendiez son fiancé.

— Oh! ceci est hors de mon pouvoir. Il me
semblait que le mot prononcé tout à l'heure,
le mot d'indemnité nous mettrait d'accord. Pour
ceci, je suis à vos ordres, complétement à vos
ordres.

Julienne haussa les épaules avec une dédaigneuse pitié.

— J'admire votre perspicacité, dit-elle; seulement la fille ne se vendra pas plus que ne s'est
vendue la mère!

— Toujours des tournures tragiques, madame; croyez-moi, c'est d'un goût douteux.

— Soit! concluons : je vous somme d'aller
trouver M. Damaze, et de rétracter vos paroles;
à cette condition, je me tairai.

— Je refuse le marché. Je ne puis tolérer
que mon neveu, mon filleul, devienne votre

gendre. Mon honneur me défend de tremper dans un tel gâchis. Que ne chargez-vous le père de cette belle enfant, M. Moroy, d'arranger les choses ?

Satisfait du trait lancé, le comte jouait négligemment avec sa chaîne de montre.

Julienne ne broncha pas.

— M. Moroy n'a jamais existé, répliqua-t-elle, Nadine ne s'appelle pas Moroy.

M. de Savergny sourit.

Parbleu ! il s'en doutait bien ! Une Négline rencontre des amants à la douzaine, mais d'épouseurs point. Sur son visage narquois, éclairé par la lumière terne de la cour, Julienne suivait ces pensées ironiques et mauvaises, comprenant que, si elle hésitait à frapper un coup décisif, elle n'obtiendrait rien de cet homme. Elle se leva donc, s'approcha de lui à le toucher et lui dit brusquement :

— Guy, vous êtes l'être le plus dénué de cœur et de sens moral que j'aie rencontré dans ma vie. Eh quoi ! vous vous figurez, qu'après dix-huit années, je viens à vous, désarmée, en solliciteuse, en femme timide et suppliante ? C'est mal me connaître ! Je suis ici pour me venger,

pour vous rendre avec usure le mal que vous
m'avez fait, pour vous voir pâlir, trembler, s'il
vous reste un sentiment humain. Après m'avoir
broyé l'âme sans pitié, vous osez toucher à mon
enfant? lui voler son bonheur comme vous
m'avez volé le mien? Malheur à vous! La colère
d'une mère comme moi est redoutable. Vous
raillez? Ah! prends garde, Guy! Tu ne l'écra-
seras pas aux pieds comme tu m'as écrasée, car,
sache-le enfin, Nadine est ta fille!

Elle se pencha sur lui, répétant avec un ricanement de colère :

— C'est ta fille, entends-tu? ta fille!...

Le comte tressaillit, un flot de sang lui comprima le cœur, mais il ne perdit pas contenance.

— Vous êtes en démence, répondit-il.

— Voici les preuves.

Redevenue très-calme, elle sortit deux papiers d'une enveloppe de maroquin.

Le premier était la déclaration d'un médecin
célèbre de Moscou, déclaration faite trois semaines environ après le départ de Guy, et con-
signant que madame de Savergny serait mère
vers la fin d'août 18.., c'est-à-dire moins de

sept mois après la séparation de Klinne ; l'autre,
un acte de naissance ainsi libellé :

« Nous attestons et certifions que Nadine-
« Marie de Savergny, fille légitime de Guy de
« Savergny, attaché au consulat de France, et
« de Youlie Négline, son épouse, est née en la
« clinique de Moscou, le 30 août 18... »

Suivaient les signatures :

> Louis PHROGOFF, inspecteur ;
> Mitry JARIMEVO, directeur ;
> Ludovic ROGATCHEF, docteur-médecin ;
> Madame LIBANOFF.

Guy resta cloué à sa place, sans un mot, sans
un geste, sans une révolte.

Ce coup imprévu le terrassait.

Les faits étaient précis, rigoureux, écra-
sants.

Après lui avoir laissé le temps de parcourir
les deux documents, Julienne évoquait tous les
souvenirs, tous les détails du passé. Et lui, la
tête penchée sur la poitrine, les yeux rivés sur
cette ligne terrible : « Nadine-Marie de Savergny... », écoutait cette voix sonore lui raconter à
lui-même les hésitations, les entraînements, les

désirs, les brûlures de la grande passion de sa
jeunesse. Elle parlait de la Salenka, de la vieille
maison de madame Libanoff où leur amour s'a-
britait chaste et contenu. Venaient ensuite les
fiançailles, les ineffables promesses, Klinne avec
sa nuit d'angoisses et sa matinée de fête, les
enchantements de leur voyage de noce en Fin-
lande, parmi les lacs et les glaciers, les longues
griseries de la lune de miel, à Moscou, dans
leur nid si bien capitonné de la Tverkoï, les
deux années de sa vie commune où elle,
Youlie, fière de son amour de vassale, restait
agenouillée devant son idole. L'horizon sou-
dain s'assombrissait ; une lassitude inavouée
dénouait peu à peu l'étreinte de leurs mains ; la
maladie du comte Horace, le projet de départ
pour la France, les rejetaient de nouveau,
durant huit jours, dans les bras l'un de l'autre.

— C'est vrai, murmurait Guy du fond du
fauteuil, je me souviens!

Une ride traversait son front, son œil noir
perdait son éclat, il semblait vieillir de seconde
en seconde.

— Vous rappelez-vous aussi mes premières
lettres ?

— Oui.

— Ne vous entretenaient-elles pas d'une espérance vague, d'un bonheur qui viendrait plus tard, dans quelques mois, si vous saviez gagner le cœur de votre père ?

— En effet.

— Dès alors, je faisais allusion à ma maternité, bien résolue, par prudence, par instinct, à garder mon secret jusqu'à la décision favorable du comte Horace.

— Pourquoi à votre arrivée en France avoir retardé cet aveu ? demanda Guy en secouant sa torpeur.

Elle le considéra non sans étonnement.

Sa question était-elle sincère ? Ignorait-il sa pénible lutte avec son père ? Dans ce cas, il serait moins coupable qu'elle ne le supposait depuis longtemps.

Brièvement, elle rapporta les faits, les cruautés et les prétentions de M. de Savergny, sa volonté formelle de libérer son fils coûte que coûte.

— Un homme de cette trempe, acheva-t-elle, était capable de tout ; il m'aurait enlevé mon enfant, et cette crainte, exagérée ou réelle, m'a scellé les lèvres.

— Cependant, objecta Guy, un an après, la
mort de mon père vous délivrait d'un ennemi;
pourquoi alors ne m'appeliez-vous pas?

— Vous oubliez la rue Saint-Dominique, répondit-elle très-bas, embarrassée d'invoquer
cette scène honteuse. Vous devez imaginer
cependant la terrible impression que notre dé-
sastreuse rencontre dut produire sur moi, surtout lorsque cette rencontre survenait après mes
démêlés avec M. de Savergny. La coupe d'a-
mertume débordait. Épouvantée, affolée par
le désespoir, je renonçai au procès auquel je
venais de me décider, et dans un accès de dé-
couragement mortel, je retournai à Moscou,
n'ayant plus qu'un vœu, qu'un besoin : ma
fille!

Guy très-pâle, les yeux cernés par une meur-
trissure bleuâtre, la contemplait, pris d'une
pitié involontaire.

— Parlez encore, supplia-t-il avec douceur,
après?

— Après?... Que vous dirai-je? J'ai quitté
la Twerskoï.

Il l'interrompit avec vivacité.

— Je l'ai su, on me l'a écrit de là-bas. C'est

même cette disparition, restée inexplicable pour moi, car je n'ai plus entendu parler de vous depuis cette époque, qui est cause, je vos le jure, des renseignements erronés donnés à mon beau-frère.

— La naissance de Nadine, poursuivit madame Moroy, devenait une arme pour l'avenir, du moins je le supposais. Probablement, si je vous avais rencontré à l'hôtel, je n'aurais pas été maîtresse de mon secret, et vous n'aviez pas, alors, le droit de douter de moi. Le hasard, au contraire, a voulu qu'après six mois d'angoisse, d'attente, je vous retrouve près d'une femme... Vous vous rappelez, n'est-ce pas?... Là, plus d'aveu possible... le temps, l'éloignement ont fait le reste... Elle sera à moi, à moi seule, ma Nadine, me disais-je. Lui, n'est pas digne d'être père! Et avec une jalousie ardente, passionnée, que les mères seules comprendront, j'élevais ma fille, trouvant au milieu de mes larmes une âpre joie à me dire que jamais, jamais elle ne serait à vous!

Guy ensevelit son visage dans ses deux mains. Un glas lui tintait aux oreilles, il souffrait horriblement. Madame Moroy, désireuse de ne

pas laisser un doute dans son esprit, lui retraça
son existence pendant dix-huit années, et ce
récit sobre, sincère, le convainquit pleinement.
Frappé d'un détail qui lui avait échappé au
premier moment, M. de Savergny reprit :

— Elle est née à la Clinique, pourquoi?

— Pour que personne, à Moscou ni à Paris,
ne puisse pénétrer ce secret avant la décision
que j'attendais.

A Moscou, ceci n'a rien d'anormal. On se
présente à la Clinique avec son passe-port dans
une enveloppe cachetée, on expose son état,
et, sans exiger ni nom ni papiers, sans s'informer de vos motifs, de votre position sociale,
on vous admet dans la maison. Le moment redouté arrive, l'enfant vient au monde. Si la
mère meurt, on ouvre le pli; si, au contraire,
elle se rétablit, elle peut quitter l'établissement
avec ce passe-port qu'aucune main indiscrète n'a
effleuré, et qui est resté pendant neuf jours, pendant un mois dans un casier grillé au chevet de
la malade. Moi, je me suis fait connaître parce
que je voulais un acte de naissance en règle; cet
acte, à la fois inattaquable et secret, je ne pou-
vais l'obtenir qu'à la Clinique. Rester chez moi

à la Twerskoï, ou chez madame Libanoff, n'é-
tait-ce pas dévoiler à tous ce que je croyais avoir
un intérêt tout particulier à cacher?

— Mon Dieu! mon Dieu! exclama Guy, je
suis donc maudit! Ah! madame, comme vous
devez me mépriser! Vous ayant aimée, je n'ai
pas su faire respecter, en homme courageux
et loyal, cette union de mon choix; je suis
père, et...

Des larmes mouillèrent ses paupières, son
cœur se brisa.

— Nadine! balbutia-t-il, Nadine ma fille!...
Elle, elle! Ah! c'est affreux...

Madame Moroy appuya sa main gantée sur
le bras de Guy.

— Que décidez-vous?

Un frisson le secoua.

— Je n'ai pas même le droit de songer à
mon infortune, fit-il d'un ton amer, il faudra
donc...

— Arranger son mariage avec Savinien, répondit Julienne avec son visage implacable.

—Oh! non, non, pas cela!...Vous êtes cruelle!

— J'y tiens.

— Donnez-moi le temps...

— Pas une heure, pas une minute. Si la vérité vous a dessillé les yeux, écrivez à votre
beau-frère, appelez-le ici pour une explication
urgente. Si vous conservez des doutes, si le
courage vous manque pour réparer vos fautes,
ce soir, je pars pour la Normandie, et je raconte
mon histoire à M. et madame Damaze. Eux me
croiront, j'en suis sûre !

Une lutte longue et pénible s'établit encore
entre eux. Guy offrait à Julienne pour Nadine
tout ce qu'il possédait, ses propriétés foncières,
le reste de son or, offrant même de la reconnaître publiquemeut.

Elle n'acceptait rien, s'entêtant à dire :

— Nadine n'a pas besoin d'argent si elle
épouse Savinien; elle ne se soucie pas davantage de votre nom, puisque avant deux mois
elle sera madame Damaze. Savinien a aimé
mademoiselle Moroy et non mademoiselle de
Savergny; que les intéressés sachent la vérité,
c'est indispensable, mais il n'y a nul besoin,
aujourd'hui, de soulever un scandale autour de
ma fille.

Brisé, Guy se rendit, et, sous la dictée de
Julienne, traça quelques lignes pour l'indus-

triel d'Andelle, le priant d'accourir à Paris avec Savinien pour une affaire importante.

Comme elle se défiait d'une dernière défaillance, une fois la lettre cachetée, elle s'en empara et se leva pour partir.

Elle traversa d'un pas ferme le vieux salon silencieux plus lugubre que jamais sous l'ombre envahissante. Elle ne remarquait plus les mines rébarbatives des anciens croisés et des présidents à mortier. La joie la soulevait de terre ; cette joie du triomphe illuminait son beau visage et lui rendait la splendeur de la jeunesse.·

Sur le seuil, elle se retourna.

Guy demeurait à sa place, défait, les traits altérés.

— Adieu, monsieur, dit-elle.

Lui ne répondit pas.

Julienne s'éloigna alors, jetant, en passant, un regard de défi au portrait du comte Horace, et laissant la nuit, la solitude, le désespoir s'abattre sur cette maison princière, à qui elle, l'humble et pauvre femme, avait dû des souffrances si poignantes, une solitude si absolue, un désespoir si long...

CHAPITRE XXIII

La lettre de M. de Savergny arriva le lendemain matin dans le cabinet de travail de M. Damaze. Cette lettre, à la fois vague et pressante,
qui lui promettait des révélations graves con-
cernant, lui disait-on, l'avenir de Savinien, l'in-
trigua au dernier point. Du reste, il n'hésita
pas à partir, d'autant mieux qu'il comptait accompagner dans deux ou trois jours jusqu'à
Paris son fils désireux de passer une année en
Allemagne.

Le désespoir de Savinien, à la rupture de son
mariage, d'abord excessif et bruyant, s'était
changé en une lassitude découragée, très-con-
traire à ce caractère ouvert et prime-sautier.

Le père usait en vain de son ascendant pour
lui faire secouer cette apathie alarmante.

— Te souviens-tu de la promesse de Trouville? lui demandait un soir le négociant. Tu m'assurais alors de ton obéissance, même dans le cas où je t'imposerais une chose pénible. Eh bien! mon pauvre ami, aujourd'hui je t'impose la nécessité de te montrer un homme de cœur et de volonté.

— Je ne puis oublier Nadine.

— Le temps apaise les regrets les plus cuisants; voyage, tu me reviendras plus calme, plus fort, plus résolu à suivre sans défaillance le sillon que je te trace.

A la réception de la missive énigmatique de son beau-frère, M. Damaze appela Savinien.

— Lis ceci!

— Je n'irai pas avec vous, s'empressa de dire le jeune homme, vous savez mes griefs, ma haine pour ce traître.

— Allons, allons, pas d'exagération. Tu m'accompagneras; il le demande expressément. Vous n'avez pas, j'en conviens, des raisons pour vous aimer beaucoup; je conclus donc que c'est un motif de plus pour céder à son désir, dicté évidemment par une nécessité absolue. Arrange-toi pour être prêt, nous prendrons l'express demain, et vers les cinq heures

du soir, nous débarquerons chez l'aimable
beau-frère.

. . . .

. . . .

. . . .

A son retour rue Demours, après une absence
de près de trois heures, madame Moroy embrassa tendrement les yeux rouges et gonflés de
Nadine.

— Voyons, ma chérie, ne t'enlaidis pas
ainsi, lui disait-elle gaiement pendant le dîner.
Une grande joie t'attend, souris au bonheur,
mignonne! Va! c'est si joli, le bonheur! le
bonheur d'être aimée, de s'appuyer sur le bras
d'un bon mari, de courir avec lui au loin, dans
d'autres contrées, de savourer ensemble tous
les plaisirs, de partager les mêmes rêves, de
faire les mêmes projets, et de revenir près de la
vieille mère restée seule et triste, pour déposer
sur ses genoux un petit-fils bouclé et rose, une
Nadinette toute petite, toute petite, qui lui
rendra, à cette pauvre vieille, l'illusion des fé-
licités perdues!

— Tu me berces d'un conte de fée, maman,
répondait mademoiselle Moroy essayant de

plaisanter, et sentant bien qu'elle allait éclater en sanglots.

— Non, la vie n'est pas si méchante qu'on le prétend. Sans doute elle est rude parfois, mais il n'y a pas de ciel sans un coin d'azur, pas de malheurs, d'épreuves sans compensation, et pour ceux qui ne méconnaissent jamais ni l'honneur, ni la conscience, l'heure de la revanche est infaillible !

— Tu crois? murmurait la jeune fille découragée, sa tête pâlie appuyée sur l'épaule de sa mère. Oh! je me sens si navrée, si humiliée de l'indifférence de Savinien..... L'amour est donc un mensonge, la félicité un mirage ?..... Que nos meilleures espérances sombrent vite ! Alors, pourquoi vivre?... Tantôt, dans la rue, un cercueil d'enfant passait sur une civière drapée de blanc, deux fillettes suivaient en babillant, distraites par tout ce qu'elles voyaient; une femme pleurait. J'ai envié le sort de ce petit inconnu; il ne gémira pas, lui, il n'aimera pas; sa mère seule l'a embrassé, et son souvenir restera dans cette unique mémoire, embaumé comme une précieuse relique. Oh! maman, maman, il est bien heureux, cet enfant-là!...

Julienne, le cœur gonflé d'une satisfaction attendrie, résolue à ne pas parler encore, berçait doucement sa fille pour calmer ces désespérances si vives de la première jeunesse, et elle lui chuchotait tout bas à l'oreille mille mots charmants, mille promesses radieuses que Nadine, dans l'égoïsme naïf de son amour, traduisait par le retour prochain, impossible pourtant, lui semblait-il, de son cher Savinien.

. . . .

. . . .

— Cinq heures et demie, et ils n'arrivent pas!

— Le train a eu du retard.

— Pourvu qu'ils viennent!

— Ils arriveront, prenez patience, répondit M. de Savergny avec un soupir.

Madame Morcy, à l'hôtel de la rue Saint-Guillaume depuis près d'une heure, trouvait le temps démesurément long. Pouvait-on prévoir ce qui se passait à Andelle? Si par malheur Savinien était parti!

Cette perspective, désolante pour Julienne, éclaira durant une seconde la physionomie sombre du comte. Il ne céda pas cependant à cette impression, car il dit aussitôt :

— En admettant que mon neveu soit parti,
ce qui n'est pas probable, on le rappellera.

Incapable de s'astreindre au repos, madame Moroy marchait nerveusement dans le
salon. Un grand feu de bois brûlait dans la cheminée en marbre noir soutenue par des caria-
tides, et cette flamme alerte, sautillante, cares-
sait dans ses brusques ressauts, tantôt les
panoplies d'armes, les lambris défraîchis, les
crédences, les siéges larges et carrés du pur
style Louis XIII, tantôt courait, pareille à une
chaude caresse, sur les trumeaux peints par
Fragonard, pour illuminer sondain les temples
en ruine, les granits antiques de deux tableaux
superbes, signés Panini et Robert.

Au dehors, une fine pluie mouillait les
crêtes des murs, noircissant les trottoirs tra-
versés par de rares passants. Au fond de cette
cour, les rumeurs arrivaient très-affaiblies;
à peine entendait-on le roulement d'une voiture, le claquement strident d'un fouet, et
au loin, bien loin comme venant d'un bois, la
trompe bruyante des tramways. Une tristesse
étrange saisissait Julienne, en dépit de ses
préoccupations, à l'aspect de cette demeure

morne et vide, où Guy, l'homme qu'elle avait
tant aimé, achevait de vieillir isolé, relativement pauvre. Cette gêne des grands noms et des
grandes fortunes, elle la sentait dans l'air, dans
l'aspect des choses, dans le vestibule vide,
dans les escaliers mal éclairés, dans le personnel insuffisant.

Il était si attrayant, si joyeux, si séduisant
jadis, ce Guy! Était-ce vraiment lui, cet
homme alourdi, assis au coin du feu, les tempes
dégarnies, la moustache striée déjà de fils
blancs ?

Étrange destinée que la leur!

Ils devaient vivre longtemps, toujours dans
les bras l'un de l'autre, et ils étaient devenus
des ennemis, des étrangers, des indifférents.

Julienne, arrêtée devant une croisée,
ne se sentait pas le courage de causer de
choses banales; les explications nécessaires
données, elle ne trouvait rien à dire. Vague-
ment, elle regardait devant elle, et dans cette
buée grise qui montait avec la fin attristée
d'un jour d'automne, l'inoubliable fantôme du
passé se levait devant elle. Sa tâche maternelle
remplie, que deviendrait-elle? Comme la vie

serait longue! Quelle route unie, toujours pareille, lui resterait-il encore à parcourir? Hélas!
elle vivrait toujours, toujours sans amour! Un
frisson la secoua, un désir la prit. Quoi! sa tendresse n'était donc pas morte? Instinctivement,
elle se tourna vers le comte, prête à parler...

Au mouvement qu'elle fit, il leva les yeux et
l'examina une seconde, mais sans la voir elle-
même, comme s'il cherchait sur son visage les
traits d'une autre. Une larme mouilla les paupières brûlées de madame Moroy; pour la première fois depuis bien des années, elle pleura
sur cette belle Youlie de la Salenka qui avait
eu foi, la pauvre fille, dans l'amour d'un
homme.

Le timbre de la porte cochère vibra dans la
somnolence quasi lugubre de la rue.

Julienne aussitôt refoula toute émotion personnelle.

— Les voici!

Elle s'approcha de M. de Savergny.

— Guy, dit-elle d'un accent presque altéré,
vous vous sentez courageux, n'est-ce pas? Vous
direz tout!

Il inclina la tête.

— Je vous l'ai promis.

En ce moment, M. Damaze et Savinien entrèrent au salon.

Les premiers instants furent prodigieusement embarrassants pour tous.

M. Damaze ne dissimula pas sa surprise en apercevant chez son beau-frère, seule auprès de lui, madame Moroy, cette aventurière. Savinien, avec sa générosité innée, aussi peut-être pour braver le cher oncle, s'avança le premier vers Julienne. Il la salua avec respect, lui assurant que ses sentiments pour mademoiselle Moroy ne changeraient jamais. La jeune femme lui serra la main.

Le comte, resté debout devant la cheminée, après avoir invité ses parents à s'asseoir, commença, en fort bons termes, son récit.

Décidé, pour l'amour de Nadine, à faire consciencieusement les choses, il se conduisit bravement, en homme d'esprit, à qui il ne reste, pour sauver une situation délicate et risquée, qu'une franchise complète.

M. Damaze écoutait sans trop comprendre.

Savinien souriait avec dédain.

Julienne, étouffée par l'émotion, contemplait Guy avec une anxiété douloureuse, l'encourageant d'un regard, d'un geste, précisant parfois d'un mot, si son souvenir s'égarait.

Lorsqu'il arriva au passage redouté, il s'arrêta une seconde, haletant, les nerfs ébranlés, si pâle que son auditoire crut qu'il allait défaillir.

— Messieurs, reprit-il après une pause, c'est moi, le comte de Savergny, qui ai épousé à Klinne Youlie Négline... Nadine est... est ma fille...

Savinien bondit. Damaze poussa, lui aussi, une exclamation de stupeur, bien qu'il prévît, depuis un instant, une révélation foudroyante.

Le comte présenta les preuves, l'acte de naissance, et conclut en phrases brèves, entre-coupées :

— Beau-frère, murmura-t-il d'une voix que les larmes contenues amollissaient, vous êtes un homme généreux, vous me tiendrez compte de l'effort... Que mes fautes ne retombent pas sur les innocents... Dites, le voulez-vous ?

Très-ému, Damaze s'avança vers lui :

— Monsieur le comte, dit-il avec une effusion attendrie, j'ai l'honneur de vous demander pour mon fils Savinien la main de mademoiselle de Savergny.

Incapable de se maîtriser davantage, Guy acquiesça d'un signe. Il ne repoussa pas même son neveu qui, ahuri, fou, sanglotant et riant à la fois, l'embrassait à l'étouffer.

— Ah! petit oncle, petit oncle, je vous adore positivement, et cette fin-là rachète tout!

Julienne pleurait, elle aussi.

Damaze se tourna de son côté :

— A vous, madame, fit-il en s'inclinant très-bas, on devrait demander pardon à genoux, pauvre et héroïque femme que vous êtes!

— Ma mère, lui disait Savinien, oh! comme je vous aimerai! comme j'aimerai votre Nadine! Vais-je la voir? Oh! tout de suite, tout de suite, n'est-ce pas ?

— Venez ce soir, mon enfant, avec M. Damaze; la chère mignonne ne se doute de rien.

— On lui dira tout, s'écria étourdiment le jeune homme.

Guy eut un geste suppliant.

Julienne le devina.

— Non, dit-elle avec fermeté, Nadine ne

doit rien savoir, sinon que M. Damaze a été induit en erreur, et que le mariage se célébrera prochainement. Plus tard, si son mari le juge à propos, il pourra lui dire... et encore, c'est bien inutile.

— Youlie, murmura le comte touché au cœur par cette exquise délicatesse, vous êtes toujours bonne. Merci!

On se sépara bientôt.

Madame Moroy devait monter dans la voiture de M. Damaze; pendant qu'ils sortaient tous les trois ensemble, elle retourna sur ses pas et se trouva seule sur le perron avec M. de Savergny.

— Merci, dit-elle à son tour, vous avez bien agi.

— Quelle réparation puis-je vous offrir? demanda-t-il, très-troublé, en lui prenant la main.

— Aucune, Guy, je ne demande rien.

Il garda dans les siennes cette main nerveuse et fine qu'il sentait trembler.

— Permettez-moi d'effacer le passé, balbutia-t-il.

Elle hésita une seconde.

Un flot de sang jeune et tiède colora ses
joues, puis, instantanément, sa pâleur habituelle revint.

— Non, mon ami, dit-elle, je suis ainsi faite
que je ne pourrais pas oublier. Vous m'avez
donné le bonheur de ma fille, vous ne me devez
plus rien.

. . . .

. . . .

. . . .

. . . .

Deux mois plus tard, Savinien Damaze épou-
sait celle qui, pour tous, était restée mademoiselle Moroy.

Le comte de Savergny signa au contrat
comme témoin. Le soir même, il quittait Paris,
saisi tout à coup par cette manie d'exploration
qui jadis avait possédé son père.

Après des luttes assez vives, madame Yvonne
Damaze se résigna à bien accueillir sa belle-
fille. Seulement, par une convention tacite,
les jeunes gens n'habitent pas le château, un
manoir hanté, prétendent-ils, par de vilains
fantômes. Savinien préfère sa ruche laborieuse,
sa belle fabrique de la vallée.

En ce moment, les ouvriers de M. Damaze, propres, joyeux, endimanchés, chargés de fleurs, attendent, dans la vaste cour pavoisée de drapeaux et de plantes vertes, l'arrivée des mariés. Dans un coin, le vieil Hubert, trop serré dans sa redingote noire, se répète à lui-même un superbe discours préparé pour la circonstance.

La voiture apparaît enfin.

Les voilà! les voilà!

Un cri formidable éclate dans la foule, se propage de rang en rang, de groupe en groupe, d'écho en écho, et ce cri, sorti à la fois de deux mille poitrines robustes, souhaite, dans son langage concis, bonheur et prospérité aux nouveaux maîtres de l'usine d'Andelle.

FIN.

PARIS. TYPOGRAPHIE E. PLON, NOURRIT ET Cⁱᵉ, RUE GARANCIÈRE, 8.

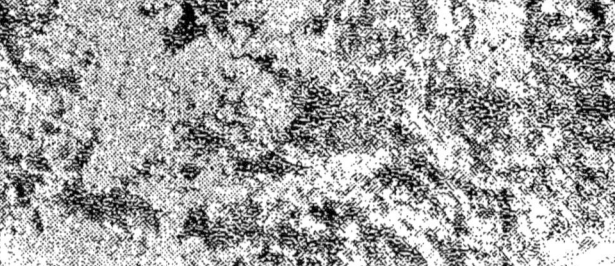

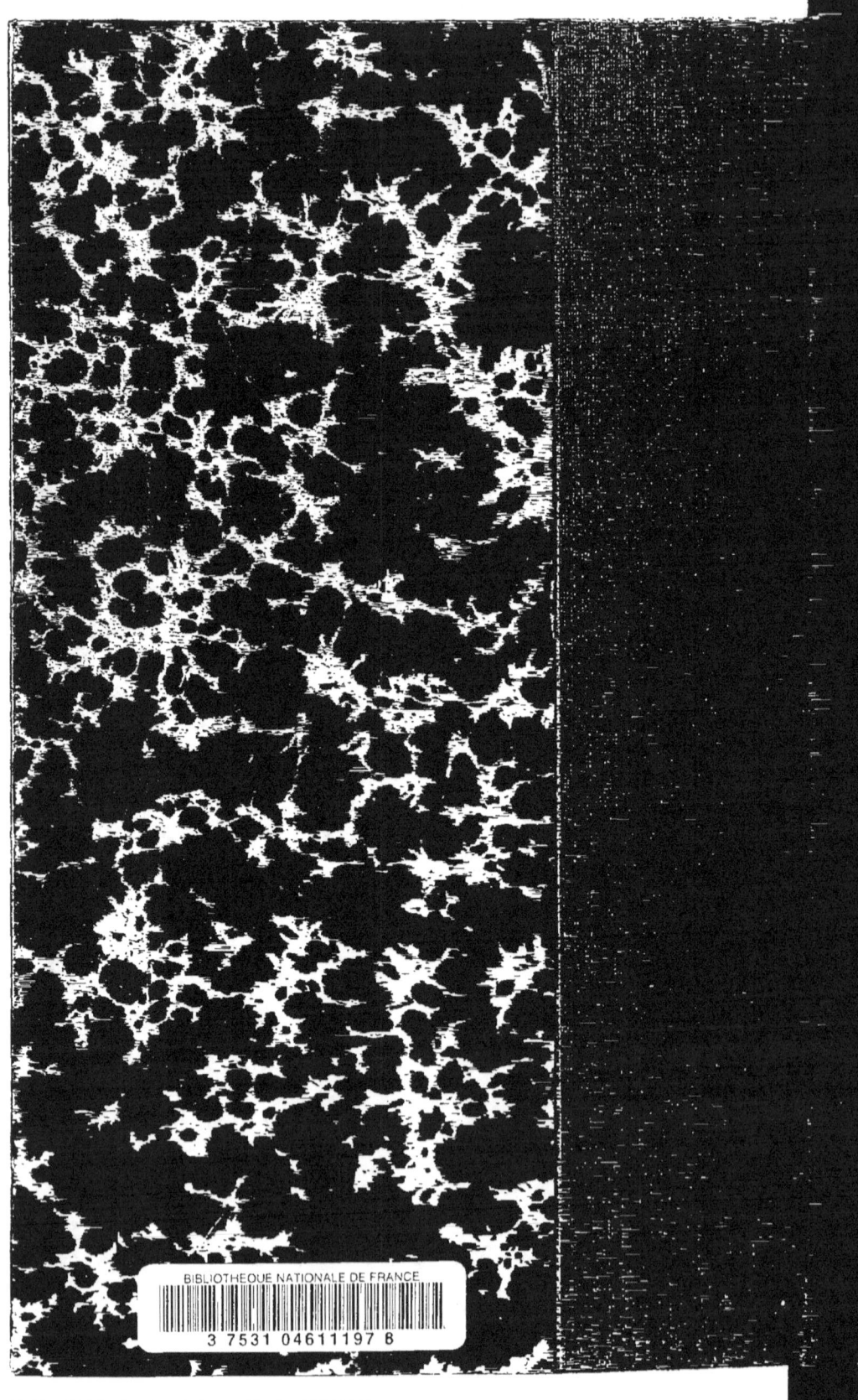

www.ingramcontent.com/pod-product-compliance
Lightning Source LLC
Chambersburg PA
CBHW071856020726
47502CB00003B/768